UM GOSTO DE VERÃO

HELEN WALSH

UM GOSTO DE VERÃO

Tradução de
Léa Viveiros de Castro

Título Original
THE LEMON GROVE

Copyright © 2014 *by* Helen Walsh

O direito de Helen Walsh em ser identificada como autora desta obra foi assegurado por ela em concordância com o Copyright, Designs and Patents Act 1988.

Nenhuma parte desta obra pode ser reproduzida ou transmitida por qualquer forma ou meio eletrônico ou mecânico, inclusive fotocópia, gravação ou sistema de armazenagem e recuperação de informação, sem a permissão escrita do editor.

PROIBIDA A VENDA EM PORTUGAL.

Direitos para a língua portuguesa reservados com exclusividade para o Brasil à
EDITORA ROCCO LTDA.
Av. Presidente Wilson, 231 – 8º andar
20030-021 – Rio de Janeiro – RJ
Tel.: (21) 3525-2000 – Fax: (21) 3525-2001
rocco@rocco.com.br/www.rocco.com.br

Printed in Brazil/Impresso no Brasil

preparação de originais
CECILIA LOPES DA SILVA

CIP-Brasil. Catalogação na fonte.
Sindicato Nacional dos Editores de Livros, RJ.

W19u Walsh, Helen
 Um gosto de verão / Helen Walsh; tradução de Léa Viveiros de Castro. – 1ª ed. – Rio de Janeiro: Rocco, 2015.

 Tradução de: The lemon grove

 ISBN 978-85-325-2966-4

 1. Ficção inglesa. I. Castro, Léa Viveiros de. II. Título.

14-17791   CDD-823
                                            CDU-821.111-3

Para a minha família
e especialmente para L. S.

Mas de repente, depois dessas noites tranquilas, o tempo mudou.
George Sand

1

O sol começa a desaparecer no horizonte e, com isso, o rumor distante da vida recomeça. Famílias e casais carregados de barracas de praia e bolsas com estampas coloridas começam a subir vagarosamente a colina, voltando da praia. Duas motonetas ziguezagueiam por entre a lenta maré de corpos.

Jenn fica imóvel quando o grupo cansado que saiu da praia passa perto da casa. Eles não a veem sentada no parapeito de pedra do terraço, escondida nas alongadas sombras dos limoeiros. É difícil enxergar seus rostos, mas suas bolsas de praia e suas cangas refletem o resto de sol quando eles passam lentamente pelas árvores. Apenas um garotinho a vê, enquanto caminha atrás dos pais arrastando seu bote inflável pela estrada de terra. Jenn faz um sinalzinho para ele com o dedo mínimo. O bote amarelo fica parado, pendurado pela corda, balançando devagar na brisa. A criança abre um pequeno sorriso e, em seguida, vendo a distância entre ele e os pais, sobe a colina correndo.

Jenn larga o livro, inclina a cabeça para trás e fecha os olhos. No alto dos penhascos cobertos de pinheiros, ela escuta o barulho dos mochileiros. Eles falam alemão, mas, pelo tom de voz ansioso, ela compreende: depressa, eles dizem uns aos outros, temos que descer antes que escureça. Ela conhece bem a trilha do penhasco – umas duas horas de lá até Sóller. Duas horas de uma vista maravilhosa e de descidas íngremes até as enseadas rochosas lá embaixo.

Mais carros e motonetas passam. Os mochileiros aparecem: um grupo de robustas mulheres de meia-idade, usando trajes reforçados de caminhada. Elas descem os degraus de pedra que vão dar na estrada, então param e dividem uma garrafa de água. Riem um pouco, e o alívio em suas vozes é evidente. Revigoradas e com uma energia renovada, partem em direção à cidade. Nenhuma delas presta atenção nela: a mulher usando um vestido branco de algodão. Se olhassem para trás, talvez vissem Jenn sentada com os joelhos contra o peito, abraçando-os com os braços, a cabeça inclinada para trás, tentando captar os últimos vestígios do sol, prolongar o momento. Ela gosta da sensação de estar ali e, ao mesmo tempo, de estar invisível.

Ela abre os olhos. A primeira coisa que vê é a varanda de pedra do quarto deles acima dela: as venezianas de madeira, abertas, a luz saindo do quarto e enfatizando o súbito anoitecer. O ar está começando a esfriar. Os mosquitos devem estar entrando e pousando nas paredes brancas; mas ela não liga. Ela não quer se mexer. Lá em cima, Greg deve estar dormindo – ou lendo ou tomando banho. Por ora, Jenn está contente ali, sozinha. Mais um capítulo, e então ela vai subir.

Torna a pegar o livro, *Reprisal*, um romance policial escandinavo. Todos os seus empregados jovens na clínica de idosos estão entusiasmados com ele, mas Greg tem razão: este autor em particular não é nenhum Pelecanos, e ela está contente com isso. A última coisa que quer nas férias é ficar estressada ou ser desafiada. Este livro é sobre louras fantásticas apavoradas com um assassino em série. Ela fecha o livro – não consegue mais enxergar as letras. Levanta-se e se espreguiça. Quase todo o movimento da praia acabou. No silêncio, ela ouve o crepitar de uma fogueira. Imagina os garotos hippies na praia, secando suas roupas e cozinhando uma refeição. Ela os observou de manhã cedinho, pescando nas pedras, recolhendo a linha com peixes prateados. Rapazes barbudos com os corpos bronzeados do verão passado na praia.

Ela havia caminhado até a enseada assim que o dia clareou. Um vestígio de lua ainda pairava acima das montanhas. O barulho dos seus passos na areia atraiu dois rapazes para fora da caverna. Eles tentaram afugentá-la com um olhar. E então outro rapaz apareceu, nu. Ele bocejou e se espreguiçou, e acendeu um cigarro, virando de frente para ela. Ele a encarou, o pau pendurado entre as pernas, debochado e superior, meio ereto num gesto de ameaça. Ela sentiu uma certa indignação. Se eles estavam atrás de solidão, por que escolher *esta* praia? Decidida, ela tirou a camiseta, o short, e mergulhou no mar. Estava frio. Um espelho cinzento sob a luz do amanhecer. Enquanto dava as primeiras braçadas, ela mal conseguia respirar. Depois que encontrou o ritmo, foi tomada por uma sensação de liberdade. Ela nadou até que os primeiros raios de sol bateram em sua cabeça.

De volta ao terraço de Villa Ana, quando o sol estava alto e a praia cheia, ela tornou a vê-los, saindo da caverna. Desta vez duas garotas os acompanhavam. De longe, pareciam salpicadas de ouro. Elas tiraram as cangas e estenderam seus corpos graciosos e nus sobre uma pedra, tão à vontade quanto se estivessem na privacidade de seus quartos. Jenn viu o marido lançar um olhar de viés, tão rápido que, se você não o conhecesse, acharia que ele não as tinha notado. Mas Jenn o conhecia, e sua "microlibertinagem" ainda a fazia sorrir. Ela erguia uma sobrancelha – não para censurá-lo, mas para concordar com ele. As garotas – esbeltas, bem torneadas e jovens – eram lindas. Ele desviou o olhar, exposto; envergonhado.

Está escuro agora, mas mesmo assim ela fica. Pode ouvir o balido distante das cabras descendo pelo despenhadeiro. Aqui e ali, casas com enormes fachadas de vidro iluminam a encosta da colina. Por todo o vale, as janelas das pequenas *fincas* de pedra se acendem. Escondidas no meio das oliveiras durante o dia, elas se mostram agora quando seus olhos se acendem, prontas para iniciar a vigília noturna sobre a Tramuntana.

Nada se mexe. A escuridão aumenta. Jenn estremece, embriagada pela magia da hora. A estrada não está mais visível. As primeiras estrelas apontam no céu. O vento sopra e, trazidos por ele, sons familiares de movimento nos restaurantes da cidade lá embaixo, o barulho dos talheres sendo arrumados, prontos para outra noite movimentada. Ela esfrega a barriga, que está começando a roncar. É uma fome boa, pensa, do tipo que raramente sente em casa; uma fome que vem de nadar no mar e andar sob o sol. Eles fizeram isso com frequência na última semana, e também beberam bastante: vinho, cerveja, conhaques, licores – tinham a sensação de merecer isso, Jenn e Greg. E ontem à noite, depois que Greg se recolheu em casa, ela se sentou à beira da piscina e acendeu um dos Camel Lights que achou na gaveta da cozinha. O gosto do cigarro, sujo e amargo, lhe provocou um barato, deixou-a tonta.

A temperatura cai. A escuridão enche seus pulmões de umidade. Umidade do mar: salgada e lúcida e com um leve cheiro de pinheiros. De má vontade, Jenn aceita que o tempo acabou. Ela entra para procurar um inalador e apressar Greg. Ele está na varanda, falando no celular, com um copo de conhaque na mão. Ele tomou banho, se vestiu, se perfumou; sua barba grisalha está aparada. Está usando seu terno de linho creme – ele o traz consigo todo ano. É a única vez que ele o usa, seu traje de cavalheiro no exterior. O terno está um pouco apertado nos ombros, mas adequado ao personagem – altivo, embora um tanto formal demais para a artística Deià, ela pensa. Ela para na porta de correr. Ele está falando com Emma. Ela sente um aperto na garganta ao ouvi-lo tentar adular a enteada dela. Ela vai para a varanda e bate no pulso com dois dedos para indicar que eles têm que sair logo. Ela tira o conhaque da mão dele e esvazia o copo de um gole só. Ele lança um olhar de admiração para ela e sorri.

– Pode pedir a Emma para comprar fio dental? – ela diz. – O sedoso. Aqui eu não consigo achar.

Greg levanta um dedo e sacode a cabeça – não tanto em resposta ao pedido dela, mas apelando por silêncio. Emma o está criticando por um motivo ou outro e ele, como sempre, está cheio de dedos, preferindo o caminho mais fácil. Jenn larga o copo vazio, levanta as mãos para o céu e revira os olhos. Entra para procurar seu inalador. Ela trouxe três – agora não acha nenhum. Tem certeza de ter deixado um no chão ao lado da cama. Ela revira as gavetas, fica de joelhos para procurar debaixo da cama onde, na ausência de tapetes, o chão frio e duro de lajota faz doer seus ossos. Ela se levanta, esvazia a bolsa de maquiagem, barulhenta em sua frustração.

Greg sussurra irritado para ela:
– Debaixo do seu travesseiro!
Não um, mas todos os três estão enfileirados ali.
– Ah, não acredito – ela diz. Ela inala uma, duas vezes; melhor.

Ele levanta a mão para silenciá-la enquanto aumenta seu tom de voz. – Escuta, Em, na pior das hipóteses, Jenn e eu estamos fora...

Isso dói um bocado. Depois de tantos anos, quando é conveniente para ele, sempre que ele sente que ela vai fazer uma cena, ele recorre à "mamãe".

– ... tome um táxi para a cidade e tente o Bar Luna. Benni deve estar lá. Ele tem uma chave.

Ela fecha as venezianas com espalhafato e veste o casaco. Olha-se no espelho do armário, leva a mão à boca e ri. Ontem de manhã, ela comprou este vestido branco de algodão na loja da cidade. Comprou por impulso, algo que não sonharia em usar onde morava. No entanto, era o tipo de vestido solto, clássico, de bordado inglês que sempre imaginara usar em Deià, caso se mudassem de vez para lá. Ao se olhar no espelho da loja, ela gostou do que viu. Estava elegante, mas enigmática e, sim, sexy; uma percepção sem dúvida ajudada pelas velas acesas que sombreavam sua pele bronzeada, pelo cheiro de incenso, pela música flamenca e pelo fofo vendedor gay que ficou parado atrás dela, levantou seu cabelo dos ombros e murmurou – *Qué bonita... seus olhos parecem âmbar* – no seu pescoço. Agora ela se sente enganada. Tira o vestido pela cabeça, e seu cabelo cai sobre os ombros. Fica contente ao ver que a etiqueta está no lugar. Ela o pendura no armário e alisa as pregas. Torna a se olhar no espelho, a fenda entre os seios acentuada pelo bronzeado e pelo tom castanho-avermelhado do seu cabelo, que ela tingira naquela manhã mesmo, e resolve que vai ser vulgar por uma noite e dane-se o resto. Gregory pode fazer cara feia à vontade, mas ela está de férias e vai mostrar o que tem num jeans preto bem apertado e uma camiseta decotada.

Enquanto se veste, ela vê que Greg virou o corpo na cadeira para observá-la. Ele faz gestos com a mão para indicar sua preferência pelo vestido e pelo cabelo preso. Com o jeans no meio das coxas, ela se aproxima do armário, tira o vestido para olhar para ele mais uma vez. Mesmo com desconto, setenta e cinco euros não foram nenhuma pechincha; e mesmo com a etiqueta intacta, ela imagina que não vai ser fácil conseguir seu dinheiro de volta. Consegue visualizar aquele charme se tranformando em irritação. Segura o vestido diante do corpo no espelho. Elegante. Discreto. Próprio para a sua idade. Ela nunca mais irá usá-lo, depois que voltar para casa; poderia usá-lo agora, só para agradá-lo.

Ele ainda a está observando. Ela pode ouvir Emma perdendo a paciência com ele.

– Ah, boneca, está tudo bem – ele contemporiza e desvia o olhar da esposa. – Tenho certeza de que Jenn pode viver sem fio dental por uma ou duas semanas.

Ela guarda o vestido de volta no armário e volta a enfiar o jeans. Ela era assim quando adolescente? Provavelmente, caso tivesse tido chance – mas ela sofria de acne na idade de Emma, não era suficientemente bonita para isso. Fecha a porta do armário com mais força do que o necessário e desce. Eles vão chegar mesmo atrasados, então tanto faz.

Ela pega o último cigarro da gaveta da cozinha, tira o acendedor de fogão da parede branquíssima e vai para junto dos limoeiros. As pétalas brancas das trepadeiras ficam fosforescentes no escuro. Sua visão noturna lhe prega peças: ela vê cabras pastando no pomar que, olhando mais de perto, não passa de tocos ou galhos de árvore. Na noite passada, tonta depois de ter tomado algumas doses do *liquera manzana* que acompanhou a conta, Jenn convenceu Greg a voltar caminhando pela beira do rio. Mas mesmo sob o brilho da lua, eles foram obrigados a voltar para a estrada, porque as pedras soltas e as raízes salientes deixavam o caminho perigoso. Esta noite, eles vão maneirar. Por mais que insistam em saideiras por conta da casa, amanhã precisam acordar com a cabeça boa. Amanhã começa um novo tipo de férias.

Ela se agacha na grama seca e áspera. Acende o cigarro. Traga a fumaça até o fundo dos pulmões e a segura um pouco antes de soltar, formando uma fileira de anéis de fumaça. Como vai ser, ela imagina – servir de vela para dois adolescentes? E esse tal de Nathan? Nate. O modo como Emma pronuncia o nome dele a deixa irritada – brusca, possessiva e cheia de importância, como se *Nate* fosse uma nova espécie que ela tivesse descoberto.

Jenn o conheceu algumas semanas atrás, se é que aquele encontro incômodo pode ser classificado como uma apresentação. Até então, Emma vinha se referindo a Nate com regularidade crescente, mas negando os convites dos pais para lanchar, almoçar, jantar, o que fosse. Foi uma surpresa quando ela chegou em casa depois de ter trabalhado até tarde e encontrou Gregory dando marcha a ré na entrada da casa com um rapaz que ela imaginou ser Nate curvado no banco de trás. Ele usava um gorro enfiado até os olhos, a jaqueta fechada até o queixo. Estava escuro e ele manteve os olhos grudados nas costas do banco do carona, de modo que ela mal conseguiu ver seu rosto. Ela bateu na janela e fez um gesto com a mão para indicar que ele deveria voltar lá – em breve. Mesmo dali, ela sentiu o aborrecimento de Emma com sua intromissão desastrada. O rapaz deu um sorriso tímido, mas Emma ficou olhando para a frente no escuro, cutucando o pai para seguir com o carro. Mais tarde, quando eles voltaram, ela não disse nada – ficou sentada entre as pernas do pai, os dois tomando sorvete do pote, na maior cumplicidade. Jeen tinha ido para a cama, irritada pelo modo como Greg deixava que Emma a excluísse ultimamente. Entretanto, foi a ela que Emma recorreu quando precisou de uma aliada para isto – as férias: – Você *tem* que falar com o papai. Ele disse que não, que não quer nem ouvir falar nisso... Nate *tem* que ir para Deià. Todos os pais das minhas amigas deixam que elas levem os namorados nas férias. Papai está vivendo na Idade Média. Você conheceu ele, mamãe! Garotos como ele não ficam por aí dando sopa. Ele *com certeza* vai conhecer alguém enquanto eu estiver fora. – Jenn se irritou ao ouvir a frase "todos os pais das minhas amigas"; essas eram famílias que só tecnicamente passavam as férias juntas. Elas levavam parentes, amigos, colegas, vizinhos e empregados com elas, Jenn pensou, porque, lá no fundo, não conseguiam suportar a companhia uns dos outros. Mas não disse isso para Emma. Preferiu focar em Nathan. O rapazinho tímido que ela avistara no banco de trás do carro. Ele não parecia o tipo de rapaz que fosse começar a galinhar assim que a namorada virasse as costas. – Escuta, Em. É *você* quem vai sair de férias. Vai ser muito mais difícil para ele. E apesar do que os pais das suas amigas dizem, acho que ainda está um pouco cedo para ele viajar conosco. Vocês só estão namorando há poucos meses.

Emma estava inconsolável. Tinha havido outros rapazes antes, mas eles não eram nada comparados com este. Este era diferente. Este era Grande – aquele que iria servir de comparação para todos os relacionamentos futuros. Jenn entendia; ela sentira o mesmo quando tinha a idade dela. Olhando para trás, ela via que o dela tinha sido um merdinha manipulador: o vocalista de uma banda de segunda categoria, e o sexo, como a música, era confuso e mal improvisado. Entretanto, ela se lembra de cada detalhe. Teria atravessado uma fogueira por Dan Matthews.

– Por favor? Você pode fazer o papai mudar de ideia?

– Ah, eu não sei, Emma... vamos ter que nos encontrar com os pais de Nathan primeiro.

– Eu vou pedir à mãe dele para ligar para você agora mesmo!

– Eu ainda não disse que *sim*.

— Ah, mamãe! Você é a melhor mãe do mundo. Sabia disso?

Ela só a chamava de mãe atualmente quando queria alguma coisa. De certa forma, isso doía mais do que a lenta e inevitável retração da palavra em si.

Ela agora se arrepende de ter cedido tão facilmente; se arrepende de ter amolado o Greg até ele concordar. Os dois tinham trabalhado tanto para poder pagar estas férias, apesar de Benni, o dono da casa, subir o preço todo ano. Ele sabia o valor do que tinha, o Benni. Sabia que eles precisavam da casa. E com o novo reitor chegando em setembro, havia alguma incerteza em relação à função que Greg iria ter na universidade, também. Ele continuaria a ser o coordenador de inglês? A antiga faculdade comunitária só passara a ser universidade cinco anos antes, mas já havia um novo conselho com ideias novas, preocupado com resultados financeiros. Havia uma pressão sobre Greg que não havia antes; havia mais aulas, mais trabalho administrativo, mais estudantes de doutorado para supervisionar, e esperavam que ele agora se dedicasse mais a aumentar o número de matrículas anuais. Então, sim, eles *precisavam* das férias anuais em Deià, em sua amada Villa Ana. Jenn estava determinada: este ano ia ser especial; imaginava que eles poderiam percorrer todo o corpo da Tramuntana, saindo de Deià e indo até Pollença. Emma agora tinha idade suficiente para apreciar os mercados hippies de Estellencs e Fornalutx, talvez o museu Picasso em Sóller, também. Eles poderiam almoçar sob as imponentes laranjeiras da praça, e depois ela e Emma poderiam percorrer as butiques da velha cidade. Ela ia comprar algo simbólico para ela – um pingente, talvez, ou uma pulseira. Queria algo que marcasse a viagem que fariam juntos, sua ligação fora do comum e muito especial. No entanto, ela queria também algo típico de Maiorca – um suvenir que falasse dos tempos que tinham passado na ilha e das lembranças que tinham de lá.

Então estava combinado. Ela e Greg iam voar uma semana antes e Emma ia ficar com a mãe de Greg. Eles poderiam passar seu tempo maçante de adultos descobrindo enseadas escondidas e dormindo depois de longos almoços – em seguida Emma viria, e eles a estragariam de mimos. Mas não era só Emma que iria chegar. Amanhã eles estariam abrindo sua porta, suas férias, para um estranho – e, por mais que tentasse dizer a si mesma que tinha feito uma coisa boa, Jenn não conseguia se livrar de suas apreensões. Ela devia ter sido firme com Emma. Devia ter dito não.

Está frio agora. Lá no alto, mais estrelas brilham no céu. Um morcego passa voando – bem na frente dela, e desaparece. Observando a casa do lado de fora, acesa, suas sólidas venezianas azuis absorvendo parte do luar, ela é tomada de nostalgia por esses últimos dias. Ela já sente uma sensação de perda. Esta semana – a semana deles – passou muito depressa. E agora praticamente terminou.

Eles estacionam na entrada de Deià, ao lado da Escola Robert Graves, depois descem a ladeira suave até a cidade. A rua principal já está fervilhando, com gente indo de café em café, analisando os cardápios ou parando na vitrine das administradoras de imóveis para contemplar cobiçosamente mansões incríveis com piscinas infinitas; mansões que jamais poderão possuir. As velas estão sendo acesas nos terraços dos bares de tapas, e, ao longo da rua em curva, robustas portas de madeira em paredes de pedra estão abertas, revelando pequenos restaurantes com vistas estonteantes. De sua mesa no pátio do Jaume, esta noite, eles vão poder avistar o desfiladeiro, depois da Villa Ana, e mais adiante o mar.

Eles passam pela mercearia onde compram pão todas as manhãs. A loja está fechando e homens de pele escura estão carregando para dentro caixotes de pêssegos gordos e peludos. Jenn para na calçada, revirando sua velha bolsa de couro, cheia de bugigangas – escovas, batons sem tampa, cartas sem abrir – tentando achar espaço para enfiar dois pêssegos para o café da manhã do dia seguinte. Greg passa o braço pelas costas dela e esfrega o polegar em suas costelas, afastando-a da mercearia.

– Depressa – ele diz.

– O quê?

Tarde demais. O homem desmazelado, de rosto vermelho, parado na porta do Bar Luna os avistou. Ele grita por eles e desce rapidamente os degraus, com o cachimbo na boca. Greg continua andando, mas Jenn fica encurralada.

– Benni. Oi.

A boca fina e insatisfeita aperta com força o cachimbo e ele balança a cabeça devagar, examinando-a com os olhos como se os tivesse apanhado – ela e Greg – numa terrível mentira. Ele dá a impressão de que está bebendo desde a hora do almoço. Uma brisa sopra uma mecha de cabelo grisalho e oleoso em seu rosto.

– De novo! Vocês estão comendo fora *de novo*?

Ele ri para ela saber que está brincando, mas há um arco de censura em sua boca quando ele sopra fumaça e se balança para a frente e para trás nas solas dos pés.

Jenn dá um sorriso forçado.

– Nossa última noite de liberdade, Benni. Emma chega amanhã.

Greg é obrigado a parar mais adiante. Ele vira a cabeça para o céu, sem conseguir ou sem querer disfarçar sua impaciência enquanto espera que ela termine a encenação. Benni se aproxima, seus dentes amarelos de fora como os de um asno.

– Tão cedo? A festa terminou? – Seu hálito azedo sopra a mecha de cabelo de volta para trás. Ela é obrigada a recuar um passo. Ele sacode um dedo. – Nada de travessuras agora, hein? Hein!

Ele mostra todos os dentes amarelos num sorriso e, ao tentar focar o olhar em Jenn, se desequilibra e dá uns passos para trás. Ela aproveita a chance para escapar dele. Benni grita em sua direção.

— Mas por que vocês comem fora quando poderiam estar comendo *al fresco* na varanda?

Ela alcança o marido – que está lívido de raiva.

— Eu não sei por que você aguenta ele, Jenn.

Benni para de segui-los e fica parado no meio da rua com as mãos estendidas.

— Vou dizer uma coisa! Maria pode cozinhar para vocês. Pela metade do preço. Debaixo de suas próprias estrelas. – Eles chegam ao restaurante. – E vocês não têm que se vestir como o romance de Fitzgerald. – Ele ri alto e tem um acesso de tosse.

Esta última parte foi claramente dirigida a Greg, e Jenn o sente endurecer o corpo. Ela disfarça um sorriso e entra depressa com ele no Jaume.

— Palhaço filho da puta – Greg resmunga, e a família esperando por uma mesa vira a cabeça ao mesmo tempo. A fúria de Greg fez surgirem duas manchas vermelhas em seu rosto. Jenn tapa a boca com a mão e abaixa o queixo. Uma risada escapa entre seus dedos. Ela fica na ponta dos pés para beijá-lo.

— Vamos comer?

⌒

O restaurante é separado em duas partes: o interior bem ventilado com plantas enormes e grandes lajotas de terracota, e um pequeno terraço ao ar livre, dando para o desfiladeiro. Miki, o maître basco, se aproxima com os braços estendidos. Ele beija Jenn dos dois lados, recuando um passo para admirar seus fiéis fregueses.

– Meus amigos! Meus amigos! – Ele abaixa a palma da mão na direção do chão e faz uma cara meio triste, meio intrigada. – Mas o que é isso? Cadê a meninazinha?

Gregory dá uma gargalhada.

– Emma? Pequena? Espere até vê-la! Ela chega amanhã; já não é tão pequena.

Eles todos riem enquanto Miki os leva até o terraço, o incidente com Benni esquecido; mas Jenn não está muito alegre. Mais uma vez, ela pensa que dentro de algumas horas esta parte das férias – a parte deles – estará terminada.

– Diz a ela que Mikel mandou lembranças.

– Talvez Emma venha ao restaurante. – Greg sorri. – Ela chegando em Deià com o namorado.

– Namorado? A pequena Emma? Não! *Não!*

Greg é todo sorrisos.

– Sim, Miki. Agora Emma é menina grande.

– Que tristeza. Mas o tempo bom chegou. Nos próximos dias vai fazer muito calor.

Miki faz um gesto na direção do mar enquanto abre o guardanapo de Jenn.

– Ano passado uma loucura. – Greg sorri. – Muitas tempestades. Assim bem melhor.

A garçonete na mesa ao lado lança um olhar espantado para Greg. Jenn ri. Ela adora a mistura de línguas que Greg adota quando eles estão no estrangeiro – ela o ama mais ainda porque ele não faz ideia de estar fazendo isso. Eles foram colocados um ao lado do outro para poderem apreciar a vista juntos, mas não há mais muito o que ver agora, a não ser a silhueta escura da Tramuntana, imensa, debruçada sobre a cidade. Ela parece isolá-los do resto da ilha.

Miki coloca na mesa dois *kir royales* e uma pequena travessa de *hors d'oeuvres*: uma fatia de carpaccio polvilhada de lascas de foie gras, e uma pequena torta de espinafre e anchova. A massa é muito fina e marrom-escura, e está quente. Ele gosta de comentar amorosamente cada prato ao servi-lo, e toda a tensão desaparece dos ombros de Jenn.

– E *isto*? – Com deferência, ele coloca dois frascos de um caldo verde na frente deles. – Um belo sabor do jardim. É, como se diz mesmo ... *aspárragos*?

– Aspargo! – Gregory exclama.

– Ah, sim. Aspargo. Uma sopinha. Uma maravilha...

Ele beija as pontas dos dedos e Jenn tem vontade de apertar a mão dele. Ela é tomada pela sensação de que isto é uma coisa rara; especial; é para isso que servem as férias. Tem vontade de abraçar o Miki, e ele parece compreender. Seus olhos são sinceros quando ele dá um suspiro profundo e descreve os pratos do dia. Jenn está salivando ao imaginar os aspargos refogados servidos com pera ou um simples *gambas al ajillo* grelhado de entrada quando Miki se agacha e sussurra em seu ouvido.

– Jennifer, por favor. O fígado de coelho. Tenho que recomendar este sabor fantástico de entrada. Sei que você vai amar.

Ele volta a ficar em pé, desta vez se inclinando para Greg.

– E para essas duas pessoas magníficas, como prato principal, eu tenho que convencê-los a pedir o fantástico cabrito montês. Fresco, como este, assado lentamente com alecrim... – Miki enfatiza as vogais – *alecrim*. – E servido com um gostinho do mar, nossas algas salgadinhas, especiais. – Ele dá um passo para trás e se inclina ligeiramente como que apresentando uma orquestra de câmara. – Perfeito.

Ela tem vontade de aplaudir a performance dele. Os dois tinham planejado comer peixe esta noite – a Segunda Semana ia ser a semana saudável – mas este é um restaurante que entende a necessidade da gordura; a gordura é onde está todo o sabor. Greg deixa o cardápio cair na mesa. Ele levanta as mãos.

– Convencido, señor. Fígado de coelho e cabrito montês. – E antes que Jenn pudesse pensar mais um pouco, ele acrescenta: – Para dois.

Greg olha satisfeito para Jenn. Ela registra o clarão de hesitação no rosto de Miki, então pisca o olho para ele saber que está tudo bem. Só por hoje, está tudo bem.

Eles deixam Miki escolher um Rioja local e, como ele havia prometido, o vinho é saboroso e encorpado e, com o primeiro gole, Jenn é capaz de esquecer todas as suas preocupações sobre o dia de amanhã. A noite e os bilhões de estrelas que brilham no céu ainda pertencem a eles dois. A ela. Que se dane a moderação, ela pensa, dando um bom gole no vinho. Amanhã é amanhã.

Já são quase duas quando eles voltam para casa. Nenhum dos dois está pronto para dormir. Greg leva cobertores e velas para a beira da piscina e duas garrafas geladas de San Miguel. Jenn senta na borda, ondulando a lua com o dedão. Greg senta atrás dela, os joelhos encolhidos na altura das costelas dela, os braços ao redor da sua cintura. Eles ouvem risos vindos da praia e Jenn se lembra das moças nuas, esbeltas, perfeitas e conscientes dos olhares sobre elas. Ela se vira e esfrega o rosto no peito de Greg e comenta:

– De qual delas você gostou mais?

– Das duas.

Ela dá um tapa na mão dele.

– Quem foi que disse que a juventude é desperdiçada com os jovens?

– George Bernard Shaw.

– Não; tenho certeza de que foi Robbie Williams.

Greg ri e beija o pescoço dela. Ele enfia a mão por baixo de sua blusa. A sugestão de sexo paira ali por um momento

– mas ela está cheia de comida e bebida e tira delicadamente a mão dele. Ele parece se conformar; acaricia seu pescoço, coça sua cabeça. Eles tomam suas cervejas e contemplam as estrelas e ela o beija firmemente na boca; um beijo que diz "hora de dormir".

⌒

Ela está dormindo. Um inseto zumbe na periferia da sua consciência. Será que Greg se levantou? Foi um livro que bateu na parede? O mosquito não está mais zumbindo. O pensamento seguinte que ela tem é que já é de manhã. O lado da cama de Greg está vazio. Um sol forte entra pelas venezianas.

Eles estão a caminho.

2

– Você não ouviu a gente chegando?

Jenn está deitada à beira da piscina, seu livro aberto sobre o rosto, as páginas grudadas na pele. A voz – seu timbre ofendido e zangado – a faz sentar, espantada. Há quanto tempo ela está dormindo? Ela não tinha a intenção de cochilar. Só deitara ali para bronzear as marcas do maiô enquanto o sol ainda estava suportável. E quando abriu o livro sobre o rosto e fechou os olhos, ela disse a si mesma que só ia descansar um pouco; refletir, mergulhar um pouco no inconsciente, mas não dormir. Percebera o ranger do portão quebrado no cascalho, ouvira Berta gritar *hola* dos degraus. Ela havia estendido um braço e sacudido o dedo numa saudação – iria se levantar e preparar uma limonada para elas duas em um minuto. Então, deixara-se levar pelo barulho dos carros descendo na direção da praia, imaginando o que os aguardava. Mas e este último carro, o deles, entrando na longa estrada de terra e se dirigindo para a Villa Ana? Ela ficara surda para ele.

Ela se apoia nos cotovelos e pisca os olhos, ofuscada pela luz do sol. Seus olhos demoram um instante a se acostumar.

Vagarosamente, a silhueta parada diante dela toma forma. Emma parece diferente, de algum modo; só faz uma semana que acenou para eles do banco de trás do carro da mãe de Greg, mas está diferente. Ela trocou o jeans e a camiseta habituais por um vestido curto, mas elegante, que combinou com sandálias e um chapéu anos 1960. A roupa é novinha em folha e custou bem mais que as cinquenta libras que Jenn lhe deu para ela não precisar pedir dinheiro emprestado para a avó. Mas a mudança não se restringe às roupas. O rosto dela; sua postura. Ela emagreceu? Fez luzes no cabelo? Jenn evita encará-la.

– Você não nos ouviu chegar?

O que é isto? Jenn conhece aquele tom; conhece muito bem. Ela está sendo repreendida – mas por quê? Jenn de repente se dá conta disso e endireita o corpo.

– Você não tinha dinheiro para o táxi? Merda... os euros estão com o seu pai. Ele ainda não voltou do supermercado?

Um fio de suor desce pelo seu nariz quando ela se inclina para pegar a bolsa. Seus seios nus pendem, soltos. Ela pega a blusa que está ao lado da cadeira. Sua pele está quente e pegajosa e, quando tenta enfiar os braços, o algodão torce e aperta, obrigando-a a inclinar o corpo. Com os seios agora presos debaixo da bainha, exageradamente redondos e amassados, ela tenta puxar a blusa. Derrotada, torna a tirar a blusa pela cabeça e começa de novo. Emma fita os ombros sardentos de Jenn; percorre o corpo dela com os olhos.

– Táxi? Que táxi? Papai foi nos buscar.

Jenn sente uma onda de raiva, mas a sufoca imediatamente. Ela demora a vestir a blusa, enfiando um braço de cada vez, depois puxa o tecido para baixo com os polegares. O ritual lhe dá tempo para se recompor.

– Isso deve ter sido uma boa surpresa, então.

– Surpresa? De jeito nenhum. Foi tudo combinado ontem à noite.

Desta vez Jenn sente uma pontada de mágoa. "Tudo combinado?" *Quando* foi combinado? Enquanto ela estava no banheiro do restaurante? Eles não conversaram sobre o assunto. Ela engole em seco, endireita as costas, se levanta e dá um abraço em Emma.

– Bem, não importa, você está aqui! Está com uma aparência maravilhosa. – Emma dá um passo para trás, ainda olhando desconfiada para ela. Jenn finge que não vê, junta as mãos e pergunta: – Então, meu bem. Onde você o está escondendo? Onde está o seu homem?

– Lá dentro. Desarrumando a mala. – Seu tom de voz é glacial.

– Ah. Tudo bem. E então. Almoço? Que tal uma omelete espanhola?

– Tortilla. O nome é tortilla. – Emma parece gostar de pronunciar com perfeição; *torr-ti-ja*, ela diz.

Mais uma vez, Jenn sufoca o impulso de reagir à provocação, e, ao contrário, responde com um tom de voz ainda mais alegre.

– Eu posso picar alguns tomates e aqueles jalapeños de que você gosta em vez de cebolas, que tal?

Emma não presta atenção, se vira para olhar para a casa onde Gregory está empurrando uma mala pelo terraço. Sem se virar de volta, ela murmura – Obrigada. Mas nós comemos no avião.

Será que eles brigaram? É isso? Será que vai ser assim pelo resto da semana?

– Vamos. Eu ajudo você a desarrumar a mala.

Emma tira os óculos escuros; o queixo dela se franze. Ela parece prestes a chorar.

– Emma?

– Não finja que não sabe!

– O quê? Você e seu pai discutiram, meu bem?

– Você *sabia* que nós estávamos chegando! Você teve um *montão* de tempo para ... se *preparar*! Você *sabe* o que isso me fez parecer?

E então Jenn compreende.

– Meu bem, desculpe. Desculpe mesmo. Eu adormeci.

Emma vira a cabeça. Depois torna a olhar para ela, com os lábios tremendo.

– Ali deitada... daquele jeito. Você não devia estar fazendo isso na sua idade. Sabe o que você parece?

Não; mas ela pode adivinhar. Emma acha que ela parece indecente; imoral. Emma está quase tremendo de vergonha. Jenn sabe o que a espera. Ela olha para o livro que está no chão; calmamente, ela o apanha. Revira-o nas mãos como se o estivesse vendo pela primeira vez. Mas quando Emma fala, é pior do que ela havia imaginado.

– Você parece vulgar. Realmente vulgar.

Sem conseguir conter as lágrimas, Emma sai correndo.

Jenn não tenta chamá-la de volta. Precisa de uma taça de vinho. Ela pega a toalha, enrola-a na cintura; e, descalça, caminha pelas pedras quentes do chão até a casa.

Ela não quer entrar. Para ao lado do cano, abre a torneira e percebe na mesma hora que era isso que estava temendo. Não a chegada do rapaz, não a diminuição do tempo dela a sós com o pai de Emma. Durante aquela última semana, ela esteve vivendo numa antecipação nervosa do fato de que teria que andar pisando em ovos, se adaptando constantemente às mudanças de humor de Emma. Tem sido assim nos últimos dois anos, desde que a filha fez 13 anos, mas Jenn tinha esperança de que, ao se apaixonar pela primeira vez, Emma pudesse adquirir outra maneira de enxergar a realidade, de olhar para fora de si mesma. Talvez Greg tenha razão: talvez deva dar uma folga para ela. Talvez ela a tenha tolhido demais: tentado demais. Jenn ri amargamente, faz uma concha com as mãos e molha os lábios secos. Ela fecha a torneira. Agora consegue admitir para si mesma que está com medo; com medo da tensão que a mera presença de Emma pode provocar, mesmo num lugar paradisíaco como este.

Ela se afasta do cano e vê uma figura parada numa das janelas do andar de cima, olhando-a. Ela protege os olhos da luz com mão, mas não há ninguém lá.

⌒

Greg está na cozinha, partindo uma baguete. Pela ligeira resistência do pão, Jenn pode ver que a massa ainda está fresca e quente. Ela tira um pedaço, mastiga devagar, e o perfume e a textura do pão a fazem sentir-se bem por alguns segundos.

Ela engole, limpa a garganta.

– Emma está uma fera comigo.

– Ah, é? Por quê? – ele quer saber.

Ele sorri com metade da boca.

– Para! – ela diz. Ela não está com espírito para brincadeiras. – Você podia ter me avisado.

– Como? Tocando a buzina?

Ele se inclina e beija o alto da sua cabeça. Ela se esquiva.

– Por que você não me disse que ia apanhá-los?

Ele vira o rosto, sem graça.

– Eu só resolvi na última hora. De qualquer maneira – ele diz, tornando a olhar para ela –, a praia está cheia de mulheres com o peito nu. O seu show erótico vai ser um bom prelúdio para os dois.

– Mas *ele* não me viu, certo?

Ele a puxa para ele, segurando delicadamente o seu queixo.

– Não dê muita importância. Você sabe como elas são nessa idade. Em só está querendo causar uma boa impressão.

Ele baixa a voz, falando mais perto do ouvido dela.

– Um tanto veemente demais, de todo modo.

– Quem? Ele?

Ela faz um sinal com a testa para o teto. Greg dá um passo para trás e faz sinal que sim. As poucas vezes que Greg deu carona para Nathan, ele voltou para casa aliviado, embora um tanto frustrado. Taciturno, é como ele o descrevera, e ela sabia o que Greg queria dizer com isso. O rapaz era o típico adolescente carrancudo. Então a dupla mensagem era que, embora Nathan não tivesse o magnetismo para seduzir a filha dele ou para desencaminhá-la, ele também não iria enriquecer ou inspirar sua adolescência. Jenn tinha tido a impressão de que Greg estava razoavelmente satisfeito com isso; será que tinha havido alguma mudança agora?

– Você recebeu minha mensagem? – ele diz.

– Ah, espera aí, aquela me dizendo que vocês estavam a caminho?

– Não. Aquela sobre o que não pode ser mencionado.

Normalmente ela riria, mas alguma coisa na forma como ele falou a deixa irritada. Jenn tira um copo do armário, abre a geladeira.

– Continue. Sobre o que não podemos falar?

Não tem vinho. Ela suspira, fecha a porta com o pé descalço, vai até a pia, enche o copo com água e o bebe em dois goles, mas fica parada perto da pia. Ela olha para o seu reflexo na janela. Greg chega por trás dela. Ele fala com sua voz persuasiva; tentando fazer pouco de uma situação delicada.

– Tudo bem, vamos ver. Não se pode falar em gincanas, pôneis, lacrosse ou qualquer outra atividade ligada a uma escola de meninas.

Uma escola de meninas *particular*, Jenn tem vontade de corrigir. Uma escola que custa cerca de oito mil por ano, um preço que ela detesta pagar quando existem tantas ótimas escolas públicas perto de casa, mas isso é algo sobre o que ela já desistiu de reclamar há muito tempo. Ela força um sorriso e se vira para Greg. Ela não está com vontade de discutir hoje.

Greg estica o corpo.

– E não podemos de jeito nenhum nos referir à sua fase de paixão pelos Chemical Romantics.

Jenn passa e alisa a barba dele.

– Chemical *Romance* – ela corrige. – Mas eu pensei que era assim que eles tinham se conhecido, num show de música.

– Não dos Chemicals Romantics, ao que parece.

Jenn ri, feliz por Greg estar do lado dela, para variar. Qualquer que seja o crime e por mais que a filha esteja implicada, Emma pode sempre confiar no pai para arranjar alguma desculpa para ela: *ela está estudando demais; é a menstruação; a mãe dela morreu de parto; a madrasta passa tempo demais no trabalho; ela tem problemas com abandono.* Jeen já aprendeu há muito tempo a aceitar as coisas como são; o legado da perda é uma doença crônica, não curável, mas controlável. E Jenn a tem controlado bem. Ela tira uma migalha de pão do canto da boca.

– Mas onde é que ele está?

Na mesma hora, as vigas de madeira do teto da cozinha rangem e, momentos depois, há passos na escada. Alguém ri ao abrir a porta da sala, há ruído de passos no terraço seguidos pelo barulho dos corpos deles mergulhando na piscina.

– Tem certeza? Não me parece tão veemente assim.

Ela enche o copo de novo. Ele o tira da mão dela, bebe um bom gole e depois torna a devolvê-lo.

– É, veemente. Veemente do jeito que os jovens podem ser. A corrupção do governo. O salário-mínimo. Os direitos dos trabalhadores.

– Ele tem 15 anos! O que pode saber sobre direitos dos trabalhadores?

– Dezessete, ao que parece. – Greg levanta uma sobrancelha. – Bastante decidido a não ir para a universidade.

Jenn bufa, sacode a cabeça, tira a toalha de volta da cintura.

Greg aproxima o rosto do dela e imita:

– A ideia de que a universidade incentiva o pensamento crítico e independente é um mito. As instituições acadêmicas apenas sufocam nossa natureza autodidática. – Ele faz uma careta e aponta para ela, dando um soco tão forte na mesa que os limões saltam dentro da fruteira. – Essas instituições nos mostram não *como* pensar, mas *o que* pensar.

Ela prende o riso; cospe a água de volta no copo.

– Ele disse mesmo isso?

– Não. Ela disse.

Eles levantam as sobrancelhas um para o outro. Ela parte mais um pedaço de pão.

– Eu vou tomar banho. Espero que o sol já tenha derretido o mau humor dela quando eu descer.

Ela sobe a escada, imaginando se o marido a teria achado veemente quando ela estava com 17 anos.

3

Ela está na cozinha quando põe os olhos nele pela primeira vez. Desde o piti de Emma, os adolescentes se mantiveram afastados, avistados apenas de relance e via ruídos intermitentes: o rangido do carrinho de mão quando ele a empurra pelo jardim; o mergulho dos corpos na piscina; pés molhados na varanda, e aqueles longos períodos de silêncio, preenchidos pelo barulho explosivo de iPods e pelo som estridente de telefones. Eles estão invisíveis, no entanto sua presença está em toda parte: eles se apossam da casa inteira. Jenn pode ouvi-los arrastando os pés no andar de cima. Ela chama do pé da escada:

– Fiz uma limonada. Querem que eu leve um pouco para vocês?

Ela sente um tremor na garganta ao imaginar a correria, o nervosismo em se vestir às pressas, mas a voz que responde é alegre e inocente.

– Obrigada. Vamos descer num instante.

Então Emma não está mais zangada com ela, mas eles não descem.

Jenn prepara o almoço. Ela parte o que restou do pão, a casca já endurecida por causa do calor, e corta e escalda batatas em cubos, fatia e frita tomates, pimentas, jalapeños. Há meia lata de milho na geladeira que ela fica tentada a usar, mas instintivamente sabe que a filha vai implicar com "comida enlatada". Ela pega uma vasilha de cerâmica, pensa onde guardou os ovos que comprou de Berta.

– Nada de geladeira – a empregada tinha avisado, sacudindo o dedo para ela. Jenn tinha deixado os ovos frescos na despensa, onde era mais fresco, para o caso de algum deles estar choco. Ela fica parada na janela, olhando para o pomar de limoeiros, enquanto quebra os ovos dentro da vasilha e começa a batê-los. Pode ouvir Benni conversando alto com o jardineiro – quando foi que *ele* apareceu lá? Sem dúvida, soube da chegada de Emma e tinha vindo bisbilhotar. Ela enxerga um pedaço da cabeça de Gregory debaixo da barraca, a careca oval vermelha sob o sol do meio-dia. Ele está com a cabeça reta e imóvel atrás do jornal. Ela sente a raiva dele pela invasão de Benni, mesmo dali. Ele está tentando fingir interesse nos eventos mundiais, mas ela sabe que Greg não está lendo uma única palavra. Ela continua a bater os ovos.

– Oi.

A voz, vindo bem de trás dela, a pega de surpresa e a vasilha escorrega de suas mãos. Ela cumprimenta com a cabeça a silhueta na arcada, antes de se virar para a vasilha a seus pés, girando, mas milagrosamente intacta. Não vale nem a pena pensar no valor que ela iria adquirir de repente se Benni tivesse que a substituir. Alguns dos ovos derramaram no chão. Ela se agacha, ao mesmo tempo limpando-os com um pano de prato e tentando avaliar se ainda tem uma quantidade suficiente na vasilha para fazer uma omelete – tem – antes de olhar de volta para a arcada. A silhueta se demora ali por um instante antes de entrar na cozinha. Jenn percebe que não consegue controlar sua reação. Ela fica de queixo caído. Tenta compensar, olhando para a vasilha e mantendo as mãos junto aos quadris ao se levantar. Com certeza, este não pode ser o mesmo garoto – o macaquinho zangado do banco de trás do carro? Ele dá dois passos na direção dela, depois para. Está usando uma sunga azul e mais nada. Ele é musculoso, mas gracioso como um bailarino. E incrivelmente bonito. Ela se dá conta de que está sendo inconveniente ao registrar esses detalhes – ele tem 17 anos –, mas não consegue tirar os olhos dele. Ele parece achar aquilo meio engraçado ou então fica envergonhado. E abaixa a cabeça.

– Eu não quis assustá-la. Desculpe.

Ele tem uma pronúncia pesada, que não combina com o rosto de traços delicados. A voz dele a tira de suas férias idílicas e por um momento a joga de volta no trabalho, nas ruas de Rochdale, onde cresceu.

– Posso ajudá-la? – ele diz, e seus olhos vão do pano de prato na mão dela para o chão da cozinha, onde uma fila de formigas já está marchando na direção da mancha amarela. Jenn fica ali parada, imóvel na moldura da porta, enquanto o rapaz se aproxima e passa por trás dela para tirar a frigideira do fogo.

– Ah, que droga! *Droga!*

Ele agora está sorrindo. O ar está cheio de fumaça; finalmente, a ardência em seus olhos e pulmões a faz agir. Ela tira a frigideira da mão dele, coloca-a sobre a pia e abre a janela. Benni está parado lá fora, sorrindo – com uma cesta de figos e limões na mão. Ele acena alegremente; ela não responde. Quando se vira, o rapaz está de quatro, limpando a sujeira com um pano de prato úmido. Ela observa os tendões em seus braços enquanto ele esfrega, para a frente e para trás. Os ombros dele são cobertos de sardas; o cabelo, grosso e escuro, cortado rente dos lados e cheio no alto; o corte que todos os rapazinhos usam – só que este não é um rapazinho, é? Ele tem 17 anos – mas é um homem.

Ela se agacha e tira o pano de prato da mão dele. A voz dela fica presa na garganta.

– Pode deixar, está tudo bem!

Soa como um imperativo – não foi essa a sua intenção – e ela compensa com um sorriso.

– De verdade, Nathan. Vá procurar a Em. Eu cuido disto.

Ela larga a toalha na pia, enxuga a mão no short. O rapaz fica em pé. Ele não vai embora. E agora? Será que ela deve cumprimentá-lo como faria com qualquer outro hóspede, beijando-o castamente dos dois lados do rosto? Ele resolve o dilema estendendo a mão. Ela aperta a mão dele; os dedos dele são jovens e finos, a pele acostumada a ficar de mãos dadas com garotas adolescentes.

— E então? Como foi a viagem até aqui?

Embora ela tente controlar a voz, percebe um traço de nervosismo nela. Afasta-se dele e calça um par de luvas de borracha, só para ter o que fazer.

— Havia bebês — ele diz. — E uma festa de despedida de solteira.

Ele torna a falar com aquela pronúncia que a abala emocionalmente. Ela não teve nenhuma pista disso nas duas vezes em que falou no telefone com a mãe de Nathan, para combinar a vinda dele. Ela falava baixo e não era muito falante; sua voz não tinha qualquer indício de um sotaque de Manchester. Ela fica imaginando o que Emma acha a respeito. Foi por isso que ela o manteve em segredo por tanto tempo? O que seus amigos da escola acham dele? E quanto a Harriet Lyons e a velha turma da gincana? Elas com certeza ficariam com ciúmes. E implicariam com ela por causa da pronúncia dele, nem que fosse só para consolar a si mesmas de que, mesmo que um rapaz tão bonito quanto Nathan estivesse ao alcance delas, elas não se interessariam por ele. E ela conhece Gregory. Ele pode ter o discurso de um libertino esquerdista, mas é um esnobe. Não é de estranhar que tenha sido tão reticente em relação ao rapaz.

Ela levanta os olhos, esperando um sorriso. A expressão dele é séria; os olhos verdes bem abertos e as pupilas enormes, como se tivesse corrido. Ele senta na beirada da mesa de pinho; parece estranhamente à vontade. Estica o braço para trás para coçar o pescoço. Os olhos de Jenn são atraídos para os pelos pretos das suas axilas.

— Posso tomar um pouco daquela limonada? Pareceu boa.

As orelhas dela estão quentes quando vai até a geladeira e pega a jarra de vidro. Ela apanha um copo, serve a limonada. Ele não tira os olhos dela. Ele esvazia o copo em dois goles, a garganta se mexendo como a de uma cobra enquanto engole, mecanicamente.

— Então... o que você acha de Deià? — ela diz, olhando para o chão. Mesmo antes de ele responder, ela já está xingando a si mesma. Quantas vezes debochou, com Emma, dos pais que têm tanta dificuldade em conversar com os filhos e que começam toda conversa com um "Então..."?

Ele sorri, como se entendesse.

— Bem, há um bocado de dinheiro — ele diz. Mas antes que ela possa contestar, ele a olha com aqueles olhos enormes e sérios. — Mas eu adoraria vir para cá no inverno. Deve ser irado.

Jenn passa a língua pelo lábio para tirar uma gota de suor e olha para ele.

— É sim! Nós viemos para cá uma vez em dezembro quando Emma era pequena. É uma ilha diferente — a beleza é a mesma, mas é também assustadora.

Ele está sorrindo; será que está debochando dela? Ela está se esforçando demais. Ela contém o entusiasmo, tenta manter a voz num tom normal.

— É... eu não sei, você percebe muito mais que se trata de uma *ilha*. — Ele está balançando a cabeça agora. E fecha os olhos, concordando.

— Eu vim aqui uma vez em junho — ele diz. — Choveu o tempo todo.

— Aqui? Em Deià? — Ela percebe a surpresa, quase a incredulidade na própria voz. Prepara-se para reformular o que disse, mas ele a interrompe.

— Aqui? Ah! Minha mãe adoraria isso! — Ele revela uma fileira de dentes muito brancos. — Não, do outro lado da ilha. Nós ficamos em Picafort.

— Eu não conheço. Parece agradável.

Mas Jenn conhece o lugar e sente o pescoço ardendo. Ela controla a vontade de tocar nele.

— Não — ele diz. — É um lixo.

Ela desvia os olhos, pega a vasilha e a examina para ver se está com alguma rachadura ou lascada. Uma energia estranha e perturbadora a domina, como o barato que sentiu na praia junto aos garotos hippies na manhã anterior. Mas aquela voz grave e excitante a deixa nervosa. Seu pescoço fica arrepiado, como se levasse um choque do velho aparelho de TV. Ela fica aliviada — agradecida até — quando ouve as sandálias de Emma batendo nos ladrilhos. Ela entra na cozinha, arrasando num biquíni azul elétrico — outra nova aquisição para seu guarda-roupa de férias. Uma corrente dourada rodeia sua cintura fina; uma fantástica safira falsa enfeita seu umbigo. Mais uma vez, Jenn se vê imaginando quem estará pagando por tudo isso – ela tem um bom palpite; e não é o namorado. Mas essas preocupações mesquinhas são suplantadas pela admiração que sente ao ver a figura adulta da filha. De onde vieram essas pernas compridas? E os seios.

Emma crava um beijo nos lábios de Nathan e cruza os tornozelos ao puxá-lo pelo pulso.

– Vamos. Praia. O último a chegar na praia paga o almoço.

O olhar sério de Nathan se demora em Jenn, buscando não só seu consentimento, mas sua aprovação. O que quer que tenha ardido em seus olhos antes – o que quer ela tenha imaginado ver ali – desapareceu.

– Acho que Jenn está fazendo almoço – ele diz.

Emma cochicha no ouvido dele, alto o suficiente para Jenn ouvir.

– Nós acabamos de chegar. Podemos comer com os velhos esta noite.

Jenn tenta não demonstrar que está magoada.

– Vão logo. Corram antes que o papai sequestre vocês.

Sem nenhum sinal de protesto, eles saem, o biquíni de Emma mal cobrindo a bunda. Jenn suspira e sacode a frigideira. Ela cheira as verduras queimadas e joga tudo no lixo. Vai até a janela e os vê descendo a ladeira. O braço de Nathan desce da cintura de Emma para ele segurar suas pequenas nádegas enquanto eles somem da vista dela.

4

Eles encontram os namorados sentados no fundo do restaurante da praia, sobre o penhasco. Um ao lado do outro, eles contemplam o mar com os pés sobre o muro baixo, caiado de branco. Isso fui eu um dia, pensa Jenn, fomos nós. Melancólica, ela segura a mão de Greg e a aperta carinhosamente. O braço de Nathan está por trás da cadeira de Emma, seu polegar traçando uma curva do pescoço dela até o ombro. Ela imagina o que Greg acha daquela demonstração de intimidade enquanto sobem os degraus de pedra e entram no restaurante. Será que o mesmo pensamento passa pela cabeça dele? Eles estão transando? Se estão, há quanto tempo? Porque, da última vez que ela olhou, Emma ainda era uma criança. As luzes no cabelo, a corrente na cintura, o piercing no umbigo – tudo isto é para distrair a atenção, sem dúvida. Esta é uma garota com uma fileira de ursinhos de pelúcia aos pés da cama. Uma garota com uma quantidade considerável de pelos pubianos.

Eles passam pela fila de clientes que aguardam uma mesa e, ignorando os olhares zangados, atravessam o salão. Uma mulher grandona, com suor pingando da testa, se dirige furiosa para eles, sacudindo o dedo. Gregory não diminui o passo, mas Jenn fica para trás para explicar. Ela aponta para os adolescentes e a garçonete se acalma na mesma hora. Ela sorri e leva Jenn até a mesa, dizendo alguma bobagem sobre *amor* e *jóvenes*.

A mesa é feita de madeira de demolição e apoiada em duas colunas de pedra. Gregory senta no canto do banco de madeira, de costas para o mar. Jenn espera Emma sair do lugar, mas ela está num mundo só dela. Ela espera Nathan tirar a mão do pescoço de Emma. Ele toma um gole de cerveja do gargalo e, depois que Gregory se instala, desliza a mão sobre a coxa nua de Emma, deixando-a a um dedo de sua virilha. Jenn sente um aperto no estômago; seu pulso bate mais rápido. Se eles não estão transando, então estão fazendo tudo menos isso. Ela vai até uma mesa ao lado e pega uma cadeira de plástico branca. Sentada, mas ainda irritada, ela põe os óculos de leitura e pega o cardápio.

– Vocês já pediram?

Os adolescentes sacodem as cabeças. Ela tem que se inclinar para trás para evitar o sol. Enquanto Nathan examina o cardápio, ela olha disfarçadamente para ele: seu corpo esbelto e musculoso; os olhos verdes bem separados, pousados dos lados do rosto como os de um cavalo; a boca grande, e os dentes brancos e pequenos, que aparecem quando ele sorri. E muito cabelo. Um belo rapaz, ela conclui. Emma teve razão em não deixá-lo para trás. Como se estivesse lendo sua mente, Emma passa o braço pelo dele e descansa a cabeça em seu ombro.

– Vamos comer só um sanduíche de queijo? E dividir umas batatas fritas?

Greg dá uma risada. – Mesmo? O que aconteceu com *gambas a la planchas*? – Ele se vira para Nathan. – Ela não vai gostar que eu conte isto para você, mas há meses que ela só fala nisso. Ela sonha com os frutos do mar deste lugar, não é, Em?

Emma lança um olhar furioso para ele. Nathan se vira para Emma e lhe dá um beijo no rosto.

– Vá em frente, falando sério. Peça o que quiser.

Ele levanta a cabeça, devagar e meio sem graça, Jenn pensa, e sorri se desculpando. – Eu sou vegetariano.

– Ah, entendo – Greg diz. – Não se preocupe.

– Não estou preocupado. – Ele sorri.

Ela sente um ímpeto protetor, não é comum ver Greg se atrapalhar desse jeito.

– Os pimentões recheados são gostosos – ela diz sem levantar os olhos.

Greg tenta atrair a atenção da *señora* gorda. Jenn percorre o cardápio com o dedo.

– As saladas também são boas aqui. Mas eles as enchem de cebolas. – Ela sorri. – O que nunca é um bom sinal. – Ela faz uma pausa para deixar que eles entendam a brincadeira. Greg agora está com o braço erguido no ar, como se estivesse chamando um táxi. Jenn continua falando compulsivamente. – Ah, querem saber de uma coisa – eles têm um forno a lenha, não é, Greg? Eu comi uma pizza de alcachofra no dia em que nós chegamos. Um minuto você está em Manchester, no minuto seguinte está sentado aqui, comendo uma comida maravilhosa.

Nathan está sorrindo para ela. Um garçom jovem se aproxima da mesa, de cara feia. Greg se inclina para trás, estica os braços atrás da cabeça e junta as mãos.

– Sabe o que eu quero? Uma garrafa bem gelada de vinho rosé. Quem vai querer? Combina com tudo, o rosé!

– Posso tomar outra cerveja, por favor? – Nathan diz. Aquele "posso tomar" irrita Jenn e lhe indica que eles não passam de duas crianças. Ela e Greg deviam dar um basta naquilo. Eles estão dando um vexame.

– Sabe que é uma ótima ideia? – Greg sorri. Ela sabe que ele não está sendo sincero.

– *Cuatro cervezas, por favor!*

Emma sorri agradecida. Seu pai, este ano, começou a permitir que ela tomasse uma taça pequena de vinho no jantar, então ela aprecia o esforço que ele está fazendo para não entregá-la. Um cachorro circula em volta da mesa, esperançoso, depois deita no chão para lamber os testículos. Em um gesto instintivo, Jenn pega a bolsa para procurar o inalador. Ela o encontra, coloca na boca e aspira, num único movimento.

– Você tem um sobrando? – Nathan diz.

– Não. Sinto muito. Você precisa de um?

– Acho que não vou precisar.

– Podemos marcar uma consulta para você com o médico da cidade. Não é, Greg?

Ela nota o nervosismo de Greg, sabe o que ele está pensando quando franze os lábios e sua boca desaparece dentro da barba por um momento: quem vai pagar? Será que Nathan tem seguro de saúde?

– Não é tão sério assim – Nathan diz. – Eu nem sei se é mesmo asma. Tive uma crise de bronquite no ano passado; desde então meus pulmões nunca mais foram os mesmos.

Emma endireita o corpo, pronta para aproveitar sua chance.

– A culpa é do aquecimento global. Sério.

– Não sei, Em – Jenn diz.

Greg interfere.

– Bobagem! O que o aquecimento global tem a ver com asma?

Nathan fala baixo, mas com autoridade.

– Bem, é claro que ninguém tem certeza, mas todo mundo pode ver as mudanças climáticas dos últimos anos. Como toda a canola que a gente tem visto. Esse ciclo louco de chuva torrencial, sol, vento e chuva. Isso tem que influenciar na quantidade de pólen, certo? E não é mais apenas sazonal, é?

– Eu li um artigo interessante no *New Statesman* sugerindo que isso tem mais a ver com a nossa dependência total de veículos motorizados – Greg diz.

Emma já esqueceu a tolerância do pai em relação ao fato de ela beber. Está olhando furiosa para ele.

– Isso o quê?

– A proliferação de asmáticos.

Ela sacode a cabeça e solta uma exclamação de desprezo.

– Bem, é claro que eles *diriam* isso.

Todos os olhos estão sobre ela; Nathan lança um olhar de viés, nervoso, mas Gregory está se divertindo.

– Quem, meu bem? Quem diria isso?

– Os elitistas da mídia londrina pertencentes ao Bullingdon Club.

Nathan está se contorcendo na cadeira. Estas são opiniões dele? Emma está crescendo, é verdade, mas este não é um discurso típico da sua filha. O cachorro se levanta, vai até Nathan, que estende o braço por trás de Emma para coçar a cabeça dele.

– Você acha mesmo isso? – Gregory diz. – *Mesmo?* – A pergunta é dirigida à filha, mas ele está olhando para seu jovem pretendente. – Você não está confundindo um pouco suas máfias da mídia? Eu pensei que o Bullingdon Club fosse um covil Tory, o ponto de encontro da imprensa conservadora.

Nathan fita o mar, distanciando-se. Obviamente, ele não tinha antecipado que sua caixa de ressonância se tornaria um canal para sua polêmica.

Emma olha para o pai, insegura; desafiante.

– Não importa... Veja. *Observer, Guardian, New Statesman*, todos esses jornais em que você acredita. Supostamente as vozes da esquerda? Nenhuma das reportagens deles é fato irretocado, é? É apenas a interpretação que *eles* fazem dos fatos, tentando convencer quem já está convencido. A nossa mídia é composta basicamente por rapazes brancos de famílias ricas, estudantes de Oxbridge.

— Eu não acho que este seja o caso hoje em dia, meu bem. Se não estou enganado, o editor do *Observer* vem de...

— Mas *essa* não é a questão, é? — Ela torna a interrompê-lo. Greg se mantém paciente, mas não está mais achando graça. O brilho se apagou dos seus olhos. — Olha, se você quiser a verdade, se quiser conhecer os fatos antes que passem pelo triturador da propaganda, existem diversas fontes imparciais hoje em dia.

Jenn ainda está ofuscada pelo *irretocado*. Está satisfeita por Emma estar testando o pai e, no entanto, ela não pode deixar de ficar arrepiada ao imaginar a filha concordando docilmente com cada ideia que Nathan despeja nela. Ainda assim, fica impressionada com a visão crítica do rapaz. Gregory inclina a cabeça de lado; o sorriso substituído por uma expressão um tanto irritada.

— Emma, isto aqui não é a Guerra Fria.

Mais uma vez, ele lança um olhar para Nathan. Jenn se debruça sobre a mesa, estendendo o braço para Greg para que ele saiba que ela não está tomando partido contra ele.

— Mas Emma tem razão numa coisa; as coisas mudaram muito desde que você era estudante, Greg. Veja a Primavera Árabe. Nós vimos a história acontecendo, ao vivo, e assistimos a ela nos filmes e blogs daqueles que a estavam vivendo. Os jornais, basicamente, apenas organizaram e publicaram o que nós já sabíamos.

Nathan concorda com a cabeça, e sorri quando ela olha para ele; ela sente uma excitação que faz seu pulso acelerar. Greg se levanta.

– Então, pelo menos nesse aspecto, Gil Scott-Heron estava errado. A revolução, afinal de contas, foi televisionada.

Ele parece satisfeito consigo mesmo, ela pensa – como se tivesse ganhado uma discussão monumental. As cervejas chegam, e Jenn aproveita a oportunidade para desviar o grupo para mares mais seguros.

– Eu estava pensando que amanhã poderíamos ir até Sóller. Há um trem...

Emma a interrompe.

– Sabe que Nathan tem um blog? – ela diz isso num rompante, como se tivesse se controlando esse tempo todo. – Todas as bandas locais querem tê-lo em sua lista de convidados.

Nathan se encolhe quando ela diz "locais". Gregory volta a sentar e bebe um gole da sua cerveja, olhando para Nathan com um sorriso irônico.

– Como é que isso funciona, Nate? O que se escreve num blog a respeito de um show de música local? Ou você apenas apresenta os fatos irretocados: banda chegou, banda tocou, banda saiu?

Ele ri da própria piada. Nathan sorri de volta.

– Acho que o senhor está se confundindo com toda essa tecnologia moderna. Eu posso postar mais de 140 caracteres.

Emma sorri e o abraça, e em seguida, sem dizer nada e sem se desculpar, ela se levanta a sai. Jenn a observa andar até a fila do único banheiro do restaurante. Talvez ela esteja menstruada, quem sabe?

Chega uma cesta de pães, junto com azeitonas grandes, vinagre balsâmico e azeite. Ao mesmo tempo, o celular de Greg começa a vibrar. Ele dança sobre a mesa. Greg examina a tela, parece aborrecido, torna a largá-lo. Ele gira o telefone sobre a mesa, depois suspira e o guarda no bolso da camisa. É a quarta vez esta tarde que seu telefone toca; a quarta vez que ele o ignora. Ele percebe que Jenn está olhando para ele, e faz uma careta como que para dizer, "O que foi? Estamos de férias!" Ele se inclina e pega um pão, parte um pedaço e molha no azeite. Ele balança a cabeça, emite sons de satisfação, esquecendo – por ora – a discussão e o telefonema. Nathan, por seu lado, parece satisfeito com o restabelecimento da paz. Ele olha com fome para o pão, mas se controla até Jenn oferecer-lhe a cesta. Greg está inclinado para trás, tentando chamar outra vez a atenção do garçom. Ele se levanta e sorri para eles, como que para reconhecer e se desculpar por sua impertinência.

– Eu preciso de vinho! – ele sorri. – Vinho branco bem gelado, muito vinho.

Ele vai até o bar. Sozinha com Nathan, Jenn sente o peso do silêncio. Ela pensa em puxar conversa, mas desiste, imaginando como vai parecer. Nervosa. Artificial. Ansiosa para causar boa impressão. Se isto fosse vinte anos antes e eles estivessem no bar local, enrolando cigarros e tomando cerveja, esperando a próxima banda se apresentar, a conversa não seria tão modorrenta. Ela tenderia a discordar de tudo o que dissesse, mas desejaria ter dito o mesmo antes. De algum modo, é estranho ver Emma tão completamente fascinada por este rapaz. O modo como ela parece beber cada palavra que ele diz, e o mundo dele, não é saudável. Não é ela. Jenn devia dizer isso a ela; mas ela não vai ouvir.

Nathan tamborila na mesa.

– Gil Scott-Heron disse mesmo aquilo?

Ela tem vontade de agarrar aquela oportunidade com unhas e dentes; desfiar todo o rosário para ele, palavra por palavra. Mas, de novo, seu lado melhor prevalece.

– Acho que sim. – Ela encolhe os ombros. – Isso foi antes do meu tempo.

Mais um silêncio incômodo. Respire. Relaxe, tome um gole de cerveja, ela diz a si mesma. Mas seu ego não a deixa em paz. Conte a ele! Conte a ele sobre aquela vez que você foi de carona até Bristol para ver o Nirvana tocar; naquela época pouca gente gostava deles.

– Então. Você é um blogueiro? Isso deve ser legal.

Legal. Como isso deve ter soado pouco legal. Ele chega para a frente na cadeira.

– Provavelmente isso vai estar velho daqui a um ano. Mas não importa.

Ele está olhando diretamente para ela. Ela não consegue sustentar seu olhar; toma um gole de San Miguel para disfarçar.

– Talvez eu entreviste Nigel Goodrich.
– Uau!
– Produtor da Radiohead.
– Eu sei quem é Nigel Goodrich.
– Estou esperando confirmação. Mas talvez eu tenha que voltar uns dois dias mais cedo, se a coisa der certo. Ele só vai estar em Manchester por um dia. Bem – em Media City.

Jenn processa depressa a sua decepção, se controla, fita a praia lotada mais abaixo.

– Emma disse que Gregory escreve.

Ele está com os olhos apertados, como se a estivesse testando.

– Sim – é a resposta verdadeira, mas com ela vem uma sensação de arrependimento. Ela imagina o quanto Emma terá contado a ele sobre o romance de Greg. Será que ela mencionou a série de rejeições? Talvez devesse avisá-lo para não tocar no assunto.

– Poetas românticos, é isso?

Jenn sorri aliviada; ele está se referindo aos livros acadêmicos, e ela relaxa um pouquinho. É sempre cautelosa ao falar sobre o trabalho de Greg. Em primeiro lugar, ela não sabe o suficiente sobre ele para proferir uma opinião. Imagina se isso acontece com as esposas de outros professores; ela nunca conheceu nenhuma para perguntar. Mas, de certa forma, sente-se à vontade com Nathan. Ela se acomoda melhor na cadeira, estende a mão para seu copo de cerveja.

— Terceira geração, principalmente. Beddoes, George Darley. Aqueles em que apenas os acadêmicos estão interessados. Você é fã dos Românticos?

— Até que eu gosto da banda.

Ele aperta os olhos, protege-os com a mão como numa continência. Jenn ri, se inclina para a frente e batuca na mesa.

— *Talking in My Sleep*? Você ainda não era nem nascido.

— *Glee* tem muito o que explicar.

— Sim. A irônica apreciação do que não presta.

Ele sorri da piada só para iniciados, mas se vira e fita os penhascos. Ela o perde por um momento, então ele volta e olha diretamente para ela.

— Você gosta de música, então?

Sim, ela tem vontade de dizer. *Sim!* Pode me testar.

Ela brinca com os óculos escuros e depois torna a guardá-los no estojo e toma mais um gole de cerveja.

— Claro, mas Emma é que é doida por música. — Ela sorri. Encerra o assunto apontando para a caverna. — Amanhã nós vamos descer a trilha do penhasco e achar uma enseada só para nós.

Um bando de garotos com cabelos alourados sobe e desce nas ondas, o único movimento na praia mansa. As outras pessoas estão dormindo ou lendo, ou suportando o sol. Nathan se vira na cadeira para observá-los e ao fazer isso sua perna toca na dela. É um roçar de leve, como o roçar de um talo de capim numa trilha apertada, mas ela sente como se fosse uma picada. Ela afasta a perna, depois disfarça, batendo numa mosca imaginária; ela toma o resto da cerveja, fitando uma gaivota que voa bem alto. Quando torna a olhar, Nathan ainda está contemplando o mar. Ele não notou nada.

O garçom traz uma jarra de vinho branco bem gelado, a condensação formando gotinhas no vidro embaçado. Gregory e Emma estão voltando, sorrindo de alguma coisa, abraçados. Enquanto o garçom enxuga a jarra, seu olhar se dirige para a enseada. Ele sacode a cabeça, resmunga a palavra *locos*, fazendo com que eles olhem também. Dois dos garotos hippies – uma moça e o rapaz que tinha mostrado o pênis – estão escalando o promontório, nus. A moça parece conhecer todas as reentrâncias na rocha; ela sobe a face do rochedo como uma aranha, sem olhar nem para cima nem para baixo. Chega ao topo bem antes do rapaz. Jenn põe os óculos escuros e observa. O cabelo da moça está trançado com contas coloridas. Ela tem seios fartos e firmes, mas o resto do corpo é tão musculoso quanto o de um rapaz. Ela é perfeita – e Nathan está hipnotizado. Ela agora está parada numa plataforma de pedra, bem acima do mar. As pessoas no restaurante, gente fazendo piquenique, transeuntes, todos estão virados olhando para ela e, sabendo que tem uma plateia, ela estica os braços para amarrar as tranças, o que levanta seus seios, expondo sua forma e tamanho. Jenn estende a mão para sua garrafa, mas vê que está vazia. Estende a mão para a jarra de vinho, esperando que Nathan perceba, peça desculpas e sirva. Mas ele está fascinado pela moça.

A plataforma de pedra é estreita, mal tem espaço para ela se virar, e lá embaixo só há pedras e o mar – mesmo assim, ela endireita o cabelo e se vira, despreocupada, como se estivesse prestes a saltar de um ônibus. Faz uma pausa, se agacha, joga os braços para cima e mergulha. Há uma exclamação de susto coletiva no restaurante quando ela corta o ar e mergulha no mar quase sem levantar água. Quando volta à superfície, a plateia aplaude aliviada. Ela não demonstra ter notado, nada com braçadas largas até a praia e sobe na pedra, a tempo de ver o namorado dar um mergulho bem mais barulhento. Ele também volta facilmente à superfície, mas nada para longe da praia.

– Quem são aqueles garotos?

Nathan fica olhando até a moça desaparecer na caverna, com uma admiração na voz que Jenn tem vontade de apagar.

– Lixo europeu, todos eles. Herdeiros da BMW – ou da IKEA. Não dá para notar? Brancos usando dreadlocks em Deià? Acho que não. Milionários brincando de hippies. O iate deles deve estar ancorado do outro lado do penhasco.

Ele balança a cabeça; parece constrangido quando torna a olhar na direção da caverna. Emma e Greg chegam de volta à mesa. Emma agora é só sorrisos.

– Quem quer nadar depois do almoço?

Jenn abre um sorriso e enche duas taças de vinho.

5

Eles escolhem um lugar na extremidade mais distante da caverna na rocha. Algumas pedras enormes, empilhadas contra a face do penhasco, oferecem algum alívio do sol. O céu está claro. Ainda não há vento. Por conta de algum hábito da infância, Jenn senta na pedra e tira o jeans, mas ainda continua vestindo a camisa de algodão. Greg faz um travesseiro com a toalha, flexiona os ombros, muda de posição até ficar confortável na sua cama de pedra. Ele fecha os olhos, aperta carinhosamente a mão de Jenn, e solta um lento suspiro de satisfação.

Jenn senta com as costas encostadas na rocha, percorrendo a enseada com os olhos atrás de Emma e Nathan, olhando da esquerda para a direita e depois de volta. Mulheres gordas com camadas de pele marrom e flácida nos braços brincam no raso com os filhos; elas parecem totalmente à vontade com seus corpos destruídos. Dois caras de meia-idade com sungas microscópicas estão agachados no meio delas, e uma das mulheres se deita na areia bem na frente deles e tira a parte de cima do biquíni. Ela joga a cabeça para trás, empinando os seios grandes e pendurados. Jenn ri, vira a cabeça para dizer alguma coisa para Greg, mas vê que ele está de olhos fechados e o deixa quieto.

Ela localiza Emma atrás das famílias, jogando água do mar sobre os joelhos e canelas. O cabelo dela está cheio de sal e cor de espiga de milho sob o sol ofuscante. Mesmo com a pele pálida, cor-de-rosa, ela poderia ser uma top model, descansando depois de uma sessão de fotos de roupas de banho. As lantejoulas do seu biquíni refletem o sol, lançando faíscas brilhantes sobre a água. Jenn se esconde atrás dos óculos escuros, erguendo seu romance policial, a lombada já totalmente rachada – sem ler uma só palavra. O sol refletindo na página é forte demais. A cabeça dela está quente demais.

Ele está do outro lado da baía, no lugar onde a garota hippie mergulhou. Parece estar indo na direção das pedras, abaixo da caverna hippie, onde garotos com redes e baldes agora patrulham as piscinas de pedra. Ele se movimenta na água com braçadas lentas e fortes. Jenn tira os óculos escuros, limpa-os na camisa e torna a colocá-los. Ele sobe num pequeno platô com um movimento ágil e gracioso. Está de costas para ela. Ele alisa o cabelo para trás. Água do mar escorre por seu pescoço e ombros. Ele fica em pé e torna a mergulhar na água, cortando as ondas com facilidade. Não há nenhuma performance ali, ele está feliz. Ela acompanha suas braçadas cadenciadas de volta às rochas lisas. Ele torna a subir nas pedras e caminha com cuidado entre elas. Jenn o acompanha com os olhos e se vê olhando para Emma, sentada no raso. Ela está sendo observada enquanto o observa. Encabulada, desmascarada, Jenn acena; um aceno tímido. Emma sorri e põe as mãos em concha em volta da boca.

— Vem para a água! — grita. Ela sacode o braço, chamando-a. Gregory, sonolento por causa do vinho, sorri e dá uma cutucada nela.

— Vai lá.

Emma torna a sacudir o braço.

— Vem! Está ótimo!

Mais um cutucão.

— Você devia estar envaidecida. Não estou ouvindo eles chamarem por mim.

Jenn se vira e o cutuca de volta.

— Eles conhecem seus limites.

— *Touché*. Mas o jovem Rimbaud não é nada tímido, é?

Ela observa Nathan ajudar Emma a passar pelas pedras mais afiadas. Eles perdem o equilíbrio e caem no mar, Nathan rindo, Emma gritando. Ela se volta para Gregory.

— Eles formam um belo casal, não acha?

Gregory se apoia no cotovelo por um momento, observa a filha e o namorado. Ele franze o nariz.

— Não, não acho.

— Quer saber de uma coisa, Greg Harding? Você é um esnobe.

Ele dá um suspiro sonolento e torna a deitar na pedra. Ela lhe dá um beijo no alto da cabeça.

– Mas se isto servir de consolo, eu não acho que o namoro vá durar. De verdade. Então, neste meio-tempo, tente dar uma folga para eles. Até o fim do verão o entusiasmo vai ter passado. Vamos só torcer para durar até o final das férias, certo?

Ele se vira, segura o pulso dela e aperta.

– Eu te amo – ele diz.

Ela começa a desabotoar a blusa. Ele estende a mão para ela. Ela se livra dele, sorrindo, continuando a soltar os botões. A camisa de Greg começa a vibrar quando o telefone toca no bolso. O rosto dele murcha na mesma hora.

– Você não vai atender?

– Não. É só trabalho. Eles que se fodam.

Ela estica os braços atrás do pescoço.

– Está tudo bem?

– De certa forma. Eles querem saber se podemos falar pelo Skype.

– Skype! Por quê? Você está de férias.

Greg encolhe os ombros.

– Sei tanto quanto você. – Ele tira o celular do bolso; olha para ele. – Eu devia ligar logo para eles.

Ela tira o telefone da mão dele e o guarda na bolsa.

– Não ouse! Você tem razão. Eles que se fodam. Você deixou o telefone em casa e nós vamos passar os próximos seis dias no mar. – Ela joga a blusa sobre o rosto dele. Ele a levanta com um dedo, espia a mulher de maiô.

– Você tem seios fantásticos. Vem cá.

Ela ri, beija um dedo na direção dele e caminha na direção da praia.

A água está mais fria do que ela esperava. Ela dá um, dois, três passos na direção do mar, depois, sentindo o choque da primeira onda em sua virilha, mergulha e fica debaixo d'água tanto tempo quanto seus pulmões permitem. Quando emerge para respirar, ela se vê na sombra da plataforma de pedra. A água escura está parada e ameaçadora. Ela se afasta, querendo voltar para o mar turquesa, sob o sol. Avança devagar na direção de Emma com seu nado típico de peito, a cabeça e os ombros visíveis acima da superfície da água. Emma abre um sorriso quando Jenn finalmente chega perto dela.

– Uau! Está uma maravilha, não está?
– Fantástica.
– Venha. Espere até ver isto.

Emma entra na água e sai nadando, e Jenn vai atrás. Juntas, elas nadam até um grupo de pedras em água rasa. Um cardume nada em volta dos pés delas. Emma caminha na água, sem fôlego, sorrindo.

– Não disse?
– Lindo. – Jenn sorri, mas percebe o chiado asmático na voz. Seu peito arfa sob o maiô enquanto ela luta para respirar. Ela deixa que o vai e vem do mar a puxe para trás até uma plataforma de pedra parcialmente submersa e senta-se para descansar; para regularizar a respiração. Emma cami-

nha pela água na frente dela, sorrindo. Ela raramente a viu tão animada e, de certa forma, isso entristece Jenn.

– Você não desejaria que pudéssemos ficar aqui para sempre? – Emma mergulha como uma foca e surge do outro lado dela. – Você devia se aposentar e vir para cá.

– Me aposentar? Você acha que eu sou assim tão velha?

– Não foi isso que eu quis dizer...

– O que o seu namorado acha? Ele está gostando daqui?

Emma lança um olhar acanhado para ela.

– Ele disse que viveria feliz aqui numa caverna. Nós poderíamos viver da terra.

– Ele disse isso?

Emma confirma com um movimento de cabeça. Seus olhos brilham, mas só por um segundo. Seu nariz delicado está começando a descascar e o rosto está pontilhado de sardas. Você é linda, Jenn pensa. Eu me pergunto se você sabe o *quanto* é bonita. Emma aperta os dedos de Jenn. É tão raro um toque desses hoje em dia que ela sente um nó no estômago.

– Obrigada, por ter feito isto acontecer.

Jenn quase fica aliviada quando ela solta a sua mão.

– Ele parece um bom rapaz.

Nathan está dentro do raio de visão delas agora, de volta à plataforma de mergulho do outro lado da enseada. Ele está olhando na direção delas, como se sentisse que estão falando dele. Emma a espia com um dos olhos.

– Ele é mesmo, mamãe. Ele é adorável.

Jenn sente as narinas tremerem; os olhos arderem. Ela controla um tremor nas entranhas e foca exclusivamente em Emma. Neste momento, sua filha está ali, ao alcance dela outra vez. Jenn quer abraçá-la e dizer a ela: volte para mim. Volte, meu bem. Ela sorri e acaricia seu cabelo molhado, respirando com mais facilidade agora. Greg aparece atrás da cabeça de Emma. Ele está sentado, enxugando a testa com a blusa de Jenn. Ela o conhece muito bem. Ele está com calor e enfadado – mas é preguiçoso demais para se juntar a elas no mar. Emma acompanha o olhar dela.

– Você acha que papai gosta dele?

Jenn se inclina e prende uma mecha de cabelo atrás da orelha de Emma.

– Quer saber, benzinho? Eu acho que sim.

Emma afasta a cabeça e franze a testa, como se Jenn tivesse cruzado a linha de novo – aquela linha vaga e impermanente que atesta e depois rescinde a amizade delas. Emma parece perceber o que fez. Ela está de cabeça baixa, com um ar contrito. Ela fala baixinho.

– Eu não tinha a intenção de brigar com você. – Ela levanta rapidamente os olhos. – Afinal, foi você quem permitiu que isto acontecesse. Papai jamais teria permitido que Nate viesse se não fosse por você. Eu sei disso.

Ela se apoia nos antebraços e bate com as pernas devagar na água. Tem uma expressão sincera no rosto, de quem está pronta para dar e receber – mas Jenn teme cometer duas vezes o mesmo erro. Ela mantém a distância, mas abre um sorriso generoso.

– Eu devia me desculpar com você. Sinto muito por tê-la envergonhado. Eu não devia... Eu não achei que vocês fossem chegar tão depressa.

– Eu não fiquei envergonhada. – Emma olha para ela, insegura por um momento. – Mas acho que Nathan ficou.

– Nathan?

Emma olha para onde o pai está deitado, imóvel, na praia. A alegria desapareceu do seu rosto.

– Acho que vou voltar para descansar um pouco. Nate e eu estamos pensando em ir até a cidade esta noite.

6

Jenn ainda não se anima a voltar. Ela nada de um lado para o outro, revirando aquela revelação na cabeça. Então Nathan a viu com os seios nus. Quanto tempo ele tinha ficado lá? Por que ninguém tinha dito nada? Quanto mais ela pensa nisso, mais óbvio fica. Nathan só tinha visto fotos da Villa Ana. A primeira coisa que ele quis ver, um rapaz da idade dele, foi a piscina. Ela nada mais depressa, nem que seja para colocar mais distância ente ela e a imagem dele, mas ela retorna à sua mente a cada braçada. Ela imagina seus ombros, os músculos fortes. A pele de criança esticada sobre um corpo de homem. Imagina as mãos dele, as veias nos seus pulsos; os pelos que vão do umbigo até a cintura do short. Ela continua nadando, fazendo a volta na direção de Deià Platja para evitar os despojos trazidos pela correnteza. Ela vê a garota hippie subindo de novo pela rocha íngreme. O sol bate nela. Parece uma deusa – mítica e brilhante. Jenn vira de costas, como uma tarântula, para olhar para ela escalando a face do penhasco. Pequenas ondas batem nas orelhas de Jenn, aquecendo suas clavículas, suas axilas, enquanto fica deitada de costas e boia, contemplando o céu azul e deixando a maré levá-la.

O mar fica batido; mais frio. Ela vira de barriga para baixo e fica chocada ao ver o quanto se afastou da praia. Inicia um nado de peito ritmado, com os olhos no pontinho distante que é o café da praia, a bandeira verde balançando perto das pedras – mas seus pulmões reagiram à sua inquietação. Sua traqueia está começando a fechar, o chiado ficando mais pronunciado à medida que avança. Ela pensa que as pessoas no restaurante provavelmente podem vê-la, uma ilusão agitando-se no meio das ondas. O pequeno terraço está cheio de gente, as cabeças parecendo as pérolas de um colar, mas ela está longe demais para gritar. Aliás, ela não tem fôlego para gritar, e agora seus braços estão pesados demais para acenar. Torna a virar de costas e avança lentamente na direção da praia – prestando atenção nas ondas sonoras das correntes submarinas em seus tímpanos.

A água está morna de novo. Ela abaixa os pés; a água ainda está muito funda para ficar em pé. Lá na praia está sua bolsa de couro; dentro dela, seu salva-vidas – seu pulmão de aço. Um sopro e ela ficará bem. Ela prossegue. As pedras estão visíveis lá no fundo do mar, com algas e anêmonas contorcendo-se nas rochas. Ela abaixa um dos pés e, desta vez, consegue pisar numa pedra. Ela deixa a água sustentá-la enquanto tenta equilibrar-se nas pedras soltas, agacha-se e, quando a onda seguinte a lança para a frente, ela se levanta e pisa na pedra seguinte. Há uma ligeira descida, mas depois é areia. Conseguiu; está de volta. Ela anda devagar pela água. Está na extremidade mais distante da enseada, mas ainda tem água até a cintura e não tem mais energia para se manter de pé. Ela deixa a maré levá-la pelo caminho mais fácil. Mal consegue levantar as pernas quando duas mãos firmes seguram seus quadris por trás.

– Jenn! Você está bem?

A maré encosta de leve os órgãos genitais dele em suas nádegas. Ela faz sinal que sim, mas seu rosto deve contar outra história. Ela se vira para ele. Ele está ali parado, com água até o joelho, olhando-a de cima a baixo. Ele sorri respeitosamente e lhe oferece a mão.

– Tem certeza?

– Estou bem. Crise de asma – ela consegue dizer. – Vai melhorar assim que eu pegar meu inalador.

Ele balança a cabeça e vai na frente, mexendo os braços para trás para puxá-la. A água empurra suas coxas como uma massa sólida. Ela fita o sal formando uma crosta nos músculos dos braços dele. Ela não consegue mais sentir as conchas trituradas sob seus pés. Só os dedos segurando os dela e o polegar movendo-se contra seus pulsos é que a mantêm ancorada ao chão.

7

O céu ainda está baixo e os cumes das montanhas cobertos de nuvens quando o carro sobe pela encosta. Deià está deserta a esta hora. Quando passam pela cidade, Jenn faz um sinal na direção da fachada do Jaume.

– Nós devíamos reservar mesa para nossa última noite. Para nós quatro.

– Hum.

Greg se recusa a olhar para ela e a impede de prosseguir com o assunto olhando pela janela lateral, concentrando-se na vista do mar. Ele tinha falado no assunto com Miki no restaurante na noite anterior, mas desde então mudara de ideia acerca de dividir o Jaume com Nathan, e está zangado com Jenn por não tê-lo consultado antes de falar no assunto. Ela cozinha a raiva, magoada com ele, entretanto, entende o que ele está sentindo. Ele é sensível a respeito do lugar especial deles. Eles têm uma história com o Jaume e o Jaume com eles. Ela consegue ver como a intromissão de um estranho é capaz de estragar este simbolismo para Greg.

A estrada se alarga e a visão do campo aberto cura o seu mau humor. Ela contempla a vegetação queimada de sol, pontilhada de cilindros dourados de trigo recém-colhidos... A cobertura de nuvens desapareceu e o sol está esquentando o Mediterrâneo cinzento, deixando-o com um tom azulado. Greg entra na pista contrária quando vira o pescoço para olhar as casas encrustadas na encosta; uma delas em particular que os deixa fascinados desde que eles começaram a vir para cá. Um carro buzina para ele, e Greg levanta a mão – culpado – e dá uma guinada de volta para a pista dele. Emma é mais reservada na frente de Nathan, mas Jenn ainda pode sentir o encantamento dela pela casa de vários andares, montando guarda na paisagem. Em anos anteriores, ela e Jenn inventavam histórias sobre as vidas exóticas vividas por trás daquelas elegantes venezianas de madeira verde. Por um momento, os quatro pares de olhos se fixaram na casa de pedra calcárea espalhada por quatro ou cinco andares, quase tão grande quanto um hotel. Um dia eles sonharam em comprar uma casa na encosta. Nada tão espetacular quanto a *casa grande* – mas alguma coisa. Com o passar do tempo, as aspirações foram diminuindo e, por algum tempo, isso a deixou amargurada. Não só a percepção da futilidade dos seus sonhos – dos sonhos *deles* –, mas também porque Greg tinha permitido que ela acreditasse que tudo era possível. Ela agora tem mais juízo. Sabe que não vai haver nenhuma casa em Maiorca. Sabe que não vai haver um bebê deles dois. Ela sabe de tudo isso, só que ainda há uma parte dela, não esperançosa, mas ainda não preparada para aceitar isto.

~

Eles passam pelo restaurante de beira de estrada que, todo ano, eles dizem que precisam visitar. Chegam ao cruzamento em T ao lado da oficina e viram à esquerda na velha e esburacada estrada de Valldemossa. Pinheiros erguem-se para cima e para fora da estrada, rachando a superfície e cobrindo-a de bolhas. Greg desvia para evitar as raízes das árvores, segurando os óculos no nariz enquanto tenta desviar dos buracos. Jenn tem um flashback dele uma vez, virando o volante da esquerda para a direita durante toda a extensão desta estrada, fazendo Emma morrer de rir. Eles eram uma família naquela época. Ela era a mamãe de Emma.

Ele diminui a velocidade quando se aproximam do mercado, à esquerda, onde velhas com aventais idênticos já estão percorrendo as barracas em busca de pechinchas. Ele abaixa o vidro, por causa de Nathan, ela supõe, e é algo digno de ver. O forte do mercado é o artesanato típico de Maiorca e, enquanto eles avançam vagarosamente pela pequena cidade, cada barraquinha expõe artigos de artesanato. Há uma barraca de cerâmica vendendo canecas de sangria pintadas a mão; há brinquedos de madeira, enfeites de porcelana, cestas cheias de doces e pirulitos coloridos; há sapatos finos, sob medida, bibelôs de vidro e fileiras e mais fileiras de doces e iguarias locais. Uma barraca vende apenas a emblemática *ensaïmada*; ao lado dela há uma barraca especializada em *sobrasada*. A mistura de aromas entra pela janela, misturando-se com o cheiro de folhas de figo trazido pelo vento. Pelo espelho lateral, Jenn pode ver a expressão alegre de Nathan. Ele cutuca Emma.

– Isso deixa a pessoa com fome.

– Você está *sempre* com fome.

Jenn finge que não está interessada no que se passa do lado de fora de sua janela, mas de vez em quando dá uma olhada. Quando a estrada faz uma curva para cima e para fora da cidade, há um mercado secundário num estacionamento, mais colorido e descontraído. Ele é mais para turistas, com os tocadores de bongô sentados de pernas cruzadas, batucando seus ritmos baleáricos enquanto visitantes vasculham cabideiros cheios de camisetas tingidas, esculturas de lagartos feitas de madeira, joalherias especializadas em âmbar e prata. No final do estacionamento, um setor inteiro do mercado exibe pinturas de artistas locais e aí algo chama a atenção de Nathan. Jenn vê pelo espelho quando ele vira a cabeça para fora da janela até eles terem quase saído da cidade.

༺

Eles estacionam nos arredores, saltam e esticam o corpo. A camisa polo vermelha de Nathan já está grudada na musculatura abaixo das omoplatas. Eles caminham na direção do mosteiro. Greg aponta para mostrar a Nathan.

— Foi construído originalmente como residência real – ele anuncia. – Depois a ordem dos Cartuxos a transformou em mosteiro. Foi aqui que Chopin e George passaram o inverno um ano ou dois antes de ele morrer.

Jenn e Emma apressam o passo – elas já ouviram tudo isso antes. Nathan não é tão rápido. Greg o retém.

— George Sand. Já ouviu falar nela?

— Nunca.

— Ah, Nathan, Nathan, você não sabe o que está perdendo. Uma das grandes sedutoras do século XIX.

Emma para e se vira.

— Então não é uma *das* grandes pensadoras feministas do século XIX?

— De jeito nenhum. – Greg sorri. – Muito mais eficiente como devoradora de homens. E mulherenga. Chopin morreu de desgosto quando ela o deixou por aquela atriz.

— Eu achei que você tinha dito que ele morreu de tuberculose.

Jenn percebe que o marido está se atrapalhando, mas desta vez ela deseja que isso aconteça, e torce para Emma continuar.

— Bem, fibrose cística na verdade, mas...

— Ha!

Vitoriosa, Emma continua andando. Jenn olha para Emma e pisca o olho. Ela vê o marido ficar vermelho e resmungar uma desculpa qualquer para Nathan. Ela vira a cabeça, pronta para intervir, mas Nathan não está prestando atenção. Ele está com a cabeça virada na direção de onde eles vieram, respondendo distraidamente com um "mm" e um "certo" quando o discurso recomeça. Antes que ela possa desviar os olhos, Nathan se vira para ela – e vê que ela está olhando para ele. Ela dá um sorriso para ele, meio irônico, mas desejoso de retribuição. Ele a encara, mas seu rosto nada revela. E então ele sorri para Greg e apressa o passo para alcançar Emma. Ele passa o braço pela cintura dela e a leva para o outro lado da rua. Não é um fora em Jenn – é claro que não. No entanto, é uma confirmação de que o que aconteceu na véspera aconteceu apenas na cabeça dela. Ele a carregou até a praia, só isso. Eles apanharam o inalador e a respiração dela voltou ao normal. Mas depois que ela ficou bem, não conseguiu encarar Nathan. Ao fazê-lo, foi com um olhar carente, de viés, como um cachorrinho esperando receber um não. Então, logo depois disso, Nathan e Emma pediram licença e voltaram para casa. Ela e Greg ficaram deitados na praia que estava começando a esvaziar, desfrutando do restinho de sol – com aquela sensação gostosa de não precisar ir para lugar nenhum, de não ter que fazer nada. Toda a tensão do dia desaparecera, e tudo estava difuso e suave e em câmera lenta. Greg, sonolento, estendeu o braço e ela segurou a mão dele. Entretanto, ela só conseguia pensar nas mãos grandes de Nathan em sua cintura. Em Nathan, de volta a casa, nu. Com Emma.

Ela observa Nathan e Emma conspirando; eles vão buscar um canto para ficar a sós. Ela tenta não pensar no que aconteceu na véspera, no modo como ele a tirou da água, mas não consegue. Por que ela imagina que, mesmo que apenas por um segundo, ele tenha pressionado a pelve contra ela? Por que não consegue apagar esta impressão da mente? É loucura. Isso não aconteceu – não de propósito. Talvez o pinto dele tenha roçado em sua bunda, mas foi a maré que o empurrou; é impossível se equilibrar sobre aquelas pedras escorregadias. Então por que estava duro? Não. Isso não aconteceu. E, no entanto, o fato de ninguém ter percebido sua dificuldade, ninguém ter notado que ela nadara para tão longe da praia, e ninguém ter pensado em procurar por ela; isso *tinha* acontecido.

Jenn observa Emma encostar a cabeça no braço dele enquanto eles caminham, e nota que ele hesita por um momento antes de dar um beijo na cabeça dela. Emma levanta o rosto para beijá-lo. A forma como ela olha para ele, Deus...

Eles riem de alguma coisa. Ele dá uma gravata nela por um segundo, depois a empurra e dá uma palmada em sua bunda. Emma olha por cima do ombro, rindo, como se o alvo da piada deles estivesse lá atrás. Aos poucos eles apressam o passo até que é um *fait accompli* que quatro tenham virado dois. Greg fica mais zangado do que desanimado.

– O que houve com o plano? Nós todos concordamos, não foi? Mercado; mosteiro; almoço?

– Nós não somos muito divertidos. – Jenn sorri. Ela diz isso brincando, mas mesmo assim se sente magoada.

Ela se demora um pouco nisso, desligando-se do comentário de Greg enquanto descem as ruas estreitas da cidade, passando por casas de pedra amarela na direção das sombras do mosteiro. Ela ouve o barulho que vem do mercado, um zumbido de vozes como no intervalo de uma peça. O ar está mais fresco aqui; Jenn se acalma. As pedras do chão são lisas, séculos de pés polindo-as e deixando-as perigosamente escorregadias. Greg estende o braço para ela se apoiar. Ele a olha com afeto, o rosto enrugando-se num sorriso.

– Eu nunca me canso deste lugar, sabe? Nunca.

Ela busca o grau apropriado de identificação.

– Nem eu.

Greg está se preparando para fazer algum pronunciamento filosófico quando é interrompido pelo telefone. Ele já parou de tocar quando consegue tirá-lo do bolso da frente.

– Trabalho de novo?

Ele balança a cabeça afirmativamente e olha para a tela.

– Ligue de volta para eles.

– Eu achei que você tinha dito...

O sinal da mensagem de voz apita. Ele sacode a cabeça, ainda olhando para a tela. Jenn passa um braço pela cintura dele.

– Olha. Vá se sentar naquele banco. Ligue para o trabalho. Seja o que for, tente resolver, depois dê um passeio. Pense a respeito.

Ela fica na ponta dos pés e dá um beijo no rosto dele.
– Eu o encontro aqui dentro de uma hora.

Ela se vira, desce um pequeno lance de escada e começa a andar depressa, com medo de que ele a chame de volta. Ao longe, ela consegue avistar a camiseta de Nathan.

⌒

O mercado hippie está cheio de turistas, principalmente gente jovem, e uns poucos velhos usando sarongues e sandálias. Ela se sente deslocada por um minuto quando para numa barraca que vende apenas sinos de vento feitos de madeira. O jovem vendedor com dreadlocks diz a ela que são feitos com a madeira de velhas oliveiras do jardim de *Jaime I de Aragon*. Ele diz isso com convicção, mas um pouco envergonhado, como se soubesse como isso soa ridículo, apesar de funcionar quase sempre. Ela balança a cabeça devagar, olhando para ver para onde eles foram. Eles estão perto das barracas de joias, caminhando na direção de uma barraca especializada em camisetas tingidas, mas algo na postura de Emma diz a Jenn que as coisas não estão muito boas. Ela diz ao vendedor que dará dez euros pelos sinos de vento e, quando ele ri na cara dela, ela não fica lá para pechinchar; vai para a barraca seguinte, a que vende tapetes tecidos à mão. Ela se esconde atrás de um *kilim* listrado, quase idêntico aos que enfeitam as paredes da casa, e observa.

Nathan está segurando uma camiseta. Mesmo dali ela vê que o tecido é o mais ordinário possível, entretanto ele a está manuseando como se fosse algo belo, segurando-a na frente do corpo e balançando a cabeça, satisfeito. Emma está um pouco atrás dele, abraçando o próprio peito, o rosto voltado para o chão. Há algo de artificial na postura de Nathan, um pouco masculina e elaborada demais – e Emma parece sentir-se ameaçada por isso.

A vendedora se inclina sobre as fileiras de tecidos franzidos e marmoreados na frente da barraca e oferece a Nathan uma camiseta de estampado diferente. Jenn só consegue ver os braços morenos e magros dela e as pontas dos cabelos enfeitadas de contas quando ela se inclina para a a frente, mas há algo de estranhamente familiar nela; algo no sorriso de Nathan e na forma com que ele arrepia o cabelo com a mão que a prepara para algo desagradável.

Essa estampa é berrante e caleidoscópica, mas Nathan se demora examinando-a antes de recusar com um leve aceno de cabeça. Jenn passa pelo meio dos tapetes até ficar perto o suficiente para olhar direito para a garota. Ela demora um instante para entender, mas quando isso acontece, fica furiosa de ciúme. É ela, a moça hippie da caverna. Está flertando com Nathan e ele está sendo receptivo. E num instante seu ciúme se transforma em raiva, dirigida não a Nathan nem à moça hippie, mas a si mesma. É obsceno, é *ridículo*, que ela esteja ali parada, em primeiro lugar, espionando-os. Mas, já que está, não consegue desviar os olhos. Ela vê Emma ajeitando o cabelo e soltando enquanto tenta parecer à vontade. Ela tem vontade de ir até ela. Entretanto, infiltrando-se no seu instinto protetor, estrangulando lentamente sua preocupação maternal, há uma estranha e sinistra satisfação pela cena sórdida.

A transação parece estar chegando ao fim, a moça hippie está embrulhando uma camiseta e Nathan sacode a mão para indicar que ela pode ficar com o troco. Jenn sente a barriga doer e a garganta arder. Caminha na direção oposta, de volta à rua, passando pelo cara dos sinos de vento que, ao vê-la, se reposiciona ao lado da barraca e estende o sino, já embrulhado. Ela passa por ele e atravessa a rua, de volta às pedras e becos. Ela vê Greg lá no alto, andando em círculos lentos, ainda falando no telefone. Ele parece curvado; menor, de algum modo.

8

Os adolescentes estão atrasados. Jenn se ofereceu para esperar caso precisem de uma carona para voltar da cidade. Ela prometeu a Greg que não tomaria mais de uma taça de Rioja, mas uma taça levou a outra e ela está esparramada no sofá empoeirado. O romance policial, avariado pela areia e pelo mar, foi guardado na biblioteca de Benni. Ela não vai terminá-lo nunca. No lugar dele, ela tem no colo *Walden – A vida nos bosques* – um livro que adorou quando era jovem; um livro que defendia com unhas e dentes nas suas discussões com Greg. Está revendo sua opinião agora, enquanto cochila.

Ela desperta: algo instintivo e químico tirando-a do sono. Com a boca seca e sentindo os primeiros sintomas de uma ressaca indesejada, Jenn se levanta e vai até as portas de correr. Um par de faróis se aproxima da casa, e agora ela consegue ouvir o barulho do motor do carro. Lá fora, a escuridão é densa como um coma. Não há lua. Do outro lado do penhasco, o som de uma arma de caça ecoa nas montanhas.

Os tiros já estavam ecoando de manhã cedo, mas, no escuro, parecem mais altos. Como aquilo não dá em nada, ela abandona Thoreau e sobe a escada antes que eles entrem.

⸻

Ela está escovando os dentes quando ouve bater as portas do táxi, o rangido do portão. Ela ouve alguém fungando lá fora. Será Emma chorando? Ela entra no banheiro e espia pela grade da janela. Seus olhos levam alguns segundos para se ajustar: uma, duas silhuetas. Mas não humanas – dois burros entraram no jardim e estão parados debaixo de uma árvore com as cabeças abaixadas; possivelmente dormindo. Bem no alto da encosta, como que voando na escuridão, as luzes traseiras do táxi piscam a cada curva da estrada. Ela torna a ouvir – não lágrimas, mas risos. Emma está rindo e, ao perceber isso, ela sente um tremor de inquietação no estômago. Jenn liga o ar-condicionado e se deita na cama. Gregory se mexe. Com o hálito carregado de bebida, ele pergunta:

– Eles voltaram, meu bem?

Ela aperta a mão dele. Ele adormece de novo em segundos. Jenn fica ali deitada, sem conseguir desligar, ouvindo o vento, as ondas quebrando; o barulho que fazem quando recuam pela areia. O som e a fúria da maré a levam de volta para lá mais uma vez. Ela pensa na enseada, pensa nele. Ela já esbarrou com ele no corredor antes, quando ele estava de saída. Bonito, de jeans e camiseta branca. Braços morenos.

Da parte de Nathan, não houve nem um brilho no olhar. Ele sorriu ao passar e ela sentiu uma pontada na boca do estômago.

Eles demoram a entrar em casa. O que estavam fazendo lá fora? Eles não passam a tranca na porta da cozinha. Ela ouve o rangido da porta da geladeira. Um banquinho derrubado – mais risos – depois passos na escada. Eles parecem demorar um pouco na porta do quarto dele. Jenn se atormenta com a imagem das mãos dele na cintura fina *dela*. Nenhuma camada de gordura nos quadris de Emma; pele lisa como um ovo recém-posto quando os dedos dele sobem por baixo da bainha do seu short jeans.

Mas então Emma está passando – não, ela está *pisando duro* ao passar pelo quarto deles. Ela está imaginando isso? Não. Ela bate a porta do quarto e Jenn ouve soluços abafados, como se Emma estivesse enfiada debaixo das cobertas. Será que ela deve ir até lá? Não. Jenn fecha os olhos e tenta tirar aquilo tudo da cabeça. Ela anseia pela sóbria realidade de um novo dia. Mas agora está com sede; seu cérebro está comprometido e ela não consegue desligar. Pega um copo na mesinha de cabeceira e bebe, mas só há um pouquinho de água. Ela fica ali deitada, fitando a escuridão, mas sabe que só vai dormir depois que molhar a garganta.

Sai da cama, irritada com o ronco do marido. O chão do quarto está frio, o ar está frio. Ela desliga o ar-condicionado e desce a escada. Quando entra na cozinha, vê que a porta de madeira que dá para fora está escancarada. Ela xinga o casal e fecha a porta, colocando a tranca no lugar e planejando a conversa que vai ter com Greg no dia seguinte. Será que ele vai ralhar com a filha como ralharia com ela? É claro que não.

Quando torna a entrar na cozinha, sente cheiro de cigarro antes mesmo de vê-lo. Ele está de costas para ela, sentado nos degraus dos fundos, contemplando o céu. Ela não sabe se diz alguma coisa ou se volta para cima sem falar nada.

– Olá, Jenn – ele diz. Ele não se mexe. Uma baforada de fumaça sobe pelo ar.

Ela para e não diz nada. Ele fica imóvel por mais um momento, depois joga fora o cigarro no quintal e vira a parte de cima do corpo. Ele se levanta. Seus olhos são buracos negros no escuro, mas ela pode sentir o olhar dele sobre ela. Ele cambaleia um pouco ao se aproximar dela. Ela sente o cheiro de cerveja no hálito dele. Sabe que tem que dizer alguma coisa logo ou seu silêncio pode ser mal interpretado. Ela tenta colocar alguma autoridade na voz:

– Não esquece de trancar a porta.

Ele está a menos de meio metro dela. Ela se controla, dá meia-volta e vai até o pé da escada. Ele hesita, depois chuta os sapatos no chão da cozinha. Certo de ter a atenção dela agora, ele vai até a porta de madeira, tira a tranca e sai para o terraço. Ele desce os degraus. A luz do terraço o ilumina, isolando-o num halo brilhante. Ela devia subir e voltar para a cama, onde o marido está dormindo, em total ignorância.

Mas não – ela volta para a cozinha para fechar a porta do terraço, para deixar o hóspede saber que ele está abusando. Quando ela segura a maçaneta, ele se vira para ela. Ele despe a camiseta, tira o jeans e a cueca. Ela não desvia os olhos. Nu, ele cruza o terraço até a beira da piscina, suas nádegas musculosas iluminadas de azul pelas luzes da piscina. Ele hesita na beirada da piscina e se vira, apenas o tempo suficiente para ela ver o pinto dele, antes de mergulhar na água.

⁓

Jenn sobe os degraus de dois em dois, fecha a porta do quarto, se encosta nela, ofegante. Nada que seu inalador possa resolver, desta vez. Ela deita na cama, afetada pela proximidade, pela mera presença do marido adormecido, estranhamente confortada pela barreira que ele forma. O braço comprido de Greg a abraça e a puxa para perto dele. Ela fica imóvel ali deitada, as coxas apertadas, os tornozelos cruzados. Tenta apagar o fogo. Em vão. Seu estômago dá saltos e ela sente uma pulsação urgente entre as pernas.

Ela segura e guia a mão dele, enfiando-a por baixo da bainha do short. Os dedos ficam ali parados, sonolentos demais para aplacar seus desejos. Ela entra por baixo das cobertas para excitá-lo, ouvindo bater a porta da cozinha quando toma o pênis dele na boca.

9

As venezianas estão fechadas, mas, assim que acorda, Jenn percebe um céu carregado lá fora – ela pode senti-lo no peito também. O toque dos sinos das cabras na encosta confirma o que ela já suspeitava: há uma tempestade se formando.

Jenn deixa cair um braço para fora da cama, procura seus inalantes matinais – duas doses do rosa, depois uma do azul.

Ela vai até a varanda. Os ladrilhos do chão estão mais frios do que o normal. O céu cinzento e carregado parece pairar logo acima do mar, e, mais além da cidade, um véu preto cobre a montanha como uma gaze. Ela ouve movimentos dentro do quarto: o rugir dos lençóis, um jato de urina batendo no vaso sanitário. Seu estômago aperta. Segundos depois, ele se junta a ela na varanda.

– Bom-dia! – Greg diz. Ele está sorrindo para ela. Ele inclina a cabeça e lhe dá um longo beijo na boca. Jenn quase se encolhe ao sentir uma vergonha pouco comum. – Dormiu bem?

Há malícia em seu olhar, e algo mais, também; espanto? Seja o que for – a façanha da noite anterior o deixou excitado. Greg está alegre e saltitante e ela não consegue suportar isso. Temendo uma referência ao sexo oral, ou pior, a expectativa de uma repetição, Jenn se solta do abraço dele e se debruça no parapeito. Ela contempla o horizonte.

– Não muito bem. Meu peito está horrível. Acho que vem uma tempestade por aí.

– Deve ser o pólen, meu bem. – Ele torna a avançar sobre ela e beija sua nuca. – O tempo vai ficar seco, mas nublado, esta manhã; o sol vai brilhar de tarde. – Ele enfia a mão debaixo de sua blusa e aperta seu peito com força. Ela grita e se solta – se Greg fica ofendido, não demonstra. Ele dá uma palmada nela de brincadeira. – Tempo perfeito para a caminhada. Acho que devemos fazer isso hoje.

Ela concorda. – Claro.

A atenção dela foi atraída pelo movimento no terraço lá embaixo. Greg acompanha seu olhar.

– Bom-dia! – ele grita lá para baixo.

O rapaz olha para eles – para ela –, cumprimenta e depois vai para a piscina. Ele está levando o livro dela.

Jenn vai de carro até a cidade para fazer compras. Emma não saiu do quarto – ainda dormindo ou de mau humor, ela supõe. Nathan está na piscina. Quando ela dá marcha a ré e vira na estrada de terra, ela olha pelo espelho lateral e o vê dando impulso com as mãos para sair da piscina. Ele fica em pé e observa o carro. Ela faz a primeira curva – o que os olhos não veem, o coração não sente. O rapaz é problema de Emma, não dela.

A loja da cidade está abrindo quando Jenn estaciona do lado de fora. Os jornais e as frutas ainda não foram arrumados do lado de fora. Jenn decide que, hoje, eles podem passar sem os dois. Ela desliga o motor e entra na loja. Um rapaz da idade de Nathan a faz parar na porta, com a mão erguida como se estivesse parando o trânsito.

– *Diez minutos* – ele diz, um tanto grosseiramente.

– Ah, tudo bem – ela diz, mais incomodada do que aborrecida. Seria melhor ir até o estacionamento da cidade? Não era só achar as moedas para os vinte minutos de estacionamento, era toda a chateação de dar a volta com o carro. Talvez fosse melhor ir até Valldemossa e usar o minimercado. Ela imagina a cara de Greg desempacotando as compras e encontrando croissants embalados em vez do pão fresco e dos doces que estava esperando. Ela faz um acordo com ele em sua cabeça: ela vai tomar um café no bar em frente enquanto espera a loja abrir; mas se o encarregado do parquímetro aparecer, ela vai embora. Greg vai ter que se contentar com um café da manhã feito no micro-ondas.

꒰

O terraço do café, empoleirado sobre a rua principal, ainda está sujo da noite movimentada de sábado: cadeiras de plástico derrubadas, mesas sujas de bebida derramada, o chão coberto de guimbas de cigarro, e o cheiro de alho frito vindo da caverna escura do bar. Jenn senta o mais longe possível da porta, mas perto o suficiente da escada para sair depressa se o encarregado do parquímetro aparecer.

A velha que vem atendê-la está comicamente mal-humorada; considera a freguesa matinal mais um incômodo do que uma vantagem. Não há nem *Buenos dias* nem *Hola, señora*, só um seco *Sí*? Mas a descortesia é abrandada pelo suco de laranja servido, tão fresco e grosso que parece ter vindo diretamente do pomar atrás da loja. O café também é bom; forte o bastante para curar os restos de sua ressaca – forte, mas não amargo. Por que ela nunca consegue comprar um café assim na Inglaterra? Nem os pequenos produtores independentes em West Didsbury chegam aos pés. Ela relaxa, bebe devagar o suco de laranja, saboreando cada gole. Esses prazeres simples podem causar um impacto tão profundo, ela pensa. O sol aparece no meio das nuvens e Jenn vira o rosto na direção dele. Ela estica os braços, com os cotovelos para baixo, e mantém os dedos numa posição de ioga. Imagina uma vida diferente, de manhãs começando com um mergulho no mar, um café e um suco de laranja fresco no terraço em vez de engarrafamentos e sucos industrializados. É uma fantasia agradável enquanto dura; o sol torna a se esconder atrás das nuvens. Passos embaixo, a batida irregular das sandálias de dedo. Jenn fica surpresa ao ver a moça hippie – a mergulhadora do mercado – saindo do meio das oliveiras. Está usando uma camisa de homem manchada de tinta, presa na cintura com um cinto feito de corda, mas, mesmo em farrapos, não há como disfarçar sua beleza;

os seios balançando – sem sutiã – e seus braços rijos. Será que foi esse o motivo da briga deles ontem à noite? Jenn tenta não pensar nisso e, sim, na velha que está debruçada no parapeito para olhar para ela quando ela passa lá embaixo. A velha resmunga alto e sacode a cabeça – Jenn não sabe se por admiração ou aprovação.

Sentindo que está sendo observada, a moça olha para cima, seus olhos encontram brevemente os de Jenn, e sorri ironicamente. Ela acentua o gingado do andar, sua bunda jovem balançando sob o tecido fino da camisa. Jenn a vê passar. Ela bebe o resto do suco de laranja e, quando põe o copo na mesa, avalia os próprios seios. Ela tem uma fenda profunda entre eles; grandes demais, ela acha, mas, mesmo assim, seus seios ainda são firmes e bem-feitos para a idade. Mesmo as técnicas de enfermagem mais moças a estão sempre cumprimentando por seu corpo – seus seios; seios que foram poupados do estrago causado pela amamentação. As mulheres mais velhas nunca deixam de mencionar isso, sempre que as jovens a elogiam.

– Você nunca teve filhos, teve?

Se ao menos elas soubessem o quanto ela sofreu por isso.

Do outro lado da rua, uma van para atrás do carro dela. Um homem magro usando uniforme de cozinheiro salta e puxa duas enormes bandejas da traseira da van, ainda quentes, ela pensa, pelo modo como ele as segura, com a ajuda de panos grossos. Jenn paga a conta, rindo alto pelo desprezo da velha pela gorjeta que ela deixa. Ela entra na loja atrás do homem.

Ela sente o aroma delicioso assim que entra na loja: calda de açúcar e temperos, depois um aroma salgado, de caldo de peixe. Se pudesse começar toda manhã assim em vez de sentir o cheiro de torrada meio queimada vindo da cozinha, então poderia suportar todas as provações que o dia lhe reservasse.

O rapaz está tirando os folhados das bandejas com uma espátula de plástico e arrumando-os cuidadosamente no armário de vidro na frente do balcão. Ele indica com um olhar curto e zangado que os *diez minutos* ainda não se passaram. Jenn encolhe os ombros; pega um exemplar do *Sunday Times* no mostruário e vai para o fundo da lojinha. Distraidamente, ela enche uma cesta com coisas que eles podem precisar para a caminhada: batatas fritas, nozes e água. Pega uma garrafinha de azeite e ri do preço. Esta é a única mercearia em Deià, e ela imagina o que os moradores acham dos preços. Talvez eles tenham dois preços, um para os moradores e outro para os turistas de classe média, como ela, sempre enganados por rótulos anunciando a origem "artesanal" dos seus produtos, todos orgulhosamente – e dispendiosamente – *cultivados em Mallorca*. Ela volta pelos corredores, comparando os preços nas prateleiras com as coisas em sua cesta. Frustrada, devolve cada item até só restar o jornal. Ela guarda a cesta vermelha de plástico, põe o jornal debaixo do braço e vai para o caixa. Uma pequena multidão se formou junto ao armário de vidro, contemplando cobiçosamente os doces. Ela censura a si mesma por ter deixado a mente divagar. Nathan já deve estar seco e vestido agora, sem dúvida acordando Emma com suco de laranja e café, adulando-a para desfazer o mal-entendido da noite passada.

⁓

Lá fora, a cidade acordou. Pela porta aberta, Jenn pode ver a frente de dois enormes ônibus de turismo, vindos de direções opostas da cidade. Cada um avança devagar na direção do outro. Um impasse é inevitável – os ônibus já estão criando um engarrafamento de cada lado – mas nenhum dos motoristas quer ceder. Há um homem debruçado no parapeito do terraço do café onde Jenn estava sentada minutos antes, fotografando a confusão com o celular. Merda! Seu carro está preso no meio daquela bagunça. Seus planos de vir rapidamente até a cidade e voltar para tomar café em casa já tinham ido por água abaixo – agora ela teria sorte de voltar antes do almoço. Estava prestes a largar o jornal e correr quando, finalmente, o rapaz balança a cabeça de leve na direção dela. Ela pede em espanhol, ele responde em inglês. A expressão dele é de indiferença: por favor, não tente interagir, madame turista. Isto é trabalho. Pague-me e vá embora. Ela fica agradavelmente surpresa com o valor total, e sai com um saco de papel cheio de pães e folhados, ainda quentes e encharcando o papel com um brilho oleoso.

Ela corre de volta para o carro; sente um alívio ao ver que não há nenhuma multa. Os ônibus resolveram o impasse e já foram embora. A cidade está movimentada, mas calma. Ela coloca o saco no chão do carro e o jornal no banco do carona. Só então se dá conta de que não pagou por ele. Ele ficou enfiado debaixo do seu braço durante toda a transação e o rapaz arrogante não se dignou a perguntar; e só agora ela reconhece o que estava fazendo. Se ele perguntasse, ela pagaria; se não – bem feito para eles, aqueles filhos da mãe grosseirões! Ela liga o carro, engrena e desce a ladeira antes de se virar e fazer sinal para a esquerda; seu coração ainda está batendo com força quando ela torna a passar pela lojinha. Só quando entra na rua principal e segue na direção da praia, de volta a casa, é que passa a agitação e ela sente a satisfação de ter conseguido. Outra coisa também a deixa excitada. Dentro de uma hora ela vai estar servindo a Nathan – servindo a todos eles – os folhados quentes. Ela passa pela guarda de trânsito, subindo a ladeira de moto depois de surpreender uns madrugadores na praia. Jenn acena alegremente para ela.

10

A paisagem mudou. Só faz um ano desde que eles fizeram a trilha dos pinheiros até Sóller, mas a trilha familiar foi destruída por um inverno inclemente. Ela está completamente bloqueada em alguns lugares por árvores caídas, algumas cortadas ao meio, outras totalmente arrancadas. Mais adiante, a face do penhasco sofreu uma erosão tão profunda que a trilha despencou junto com ela. As pilhas de rochas que, durante anos, mapearam o caminho para os andarilhos se espalharam, abandonadas aos elementos. Marcas vermelhas recém-feitas em pedras e árvores os direcionam para uma nova rota, longe da face do penhasco e mais no alto da montanha, através da floresta densa. Eles continuam andando, pisando num tapete de agulhas de pinheiro.

Quando começaram a ir lá, Jenn conseguiu convencer Emma de que os duendes da floresta tinham pousado as pedras especialmente para ela e que, se elas fossem seguidas direitinho, levariam ao tesouro. Elas davam as mãos e iam conversando o tempo todo, os olhos excitados de Emma vasculhando a floresta atrás de um par de olhos ovais ou de orelhas pontudas espiando por trás de um tronco de árvore. Jenn sorri ao se lembrar da sua garotinha de dentes separados sorrindo ao enfiar a mão em outro buraco de árvore para pegar mais uma prenda, embrulhada em papel metálico colorido; uma moeda, um doce, às vezes um livrinho. Mesmo quando tinha 9 ou 10 anos, já crescida para saber, Emma ainda aceitava o faz de conta, arregalando os olhos de excitação toda vez que entravam na trilha do penhasco. E Jenn continuou a colocar o despertador para bem cedinho para poder ir até a floresta na frente e esconder as prendas. Agora elas mal se falam; Emma caminha na frente com os braços cruzados. Isso traz lágrimas aos olhos de Jenn. Não é exatamente nostalgia ou pesar, mas tristeza pelo passar do tempo. Como eram maravilhosos aqueles momentos. Com que rapidez eles se foram. Assim como o tempo; a trilha do penhasco.

Qualquer que tenha sido o motivo da discussão dos adolescentes na noite anterior, ainda paira no ar um clima estranho. Jenn acha que não se trata de nada mais sério do que posições opostas. O rapaz quer o que a garota não deseja dar; a garota não quer dar até o rapaz ameaçar que vai procurar em outro lugar – essa foi a charada da véspera com a moça hippie. Ele estava avisando Emma: se ela não quiser dar para ele, outras vão querer. Todas as outras garotas transam, ele deve estar dizendo a ela. Jenn também devia dizer isso para ela. Devia dizer a ela que um dia ela foi aquela garota que se recusava a dar, que se apegava à sua virtude. Como ela se achava esperta naquela época. Enquanto suas colegas estavam no andar de cima buscando prazeres baratos e gastando seus ativos, ela estava embaixo, poupando para o futuro. Quando chegasse a hora certa, ela faria a sua escolha – e teria essa opção porque tinha feito a jogada certa. O que ela podia ter perdido em nubilidade, iria ganhar em nobreza. O namorado *dela* poderia andar de cabeça erguida. Jenny O'Brien não era tonta; ela não era *uma daquelas garotas*. Se ao menos alguém mais velho e mais sábio tivesse dito a ela. Tivesse dito a ela que depois de certo ponto na vida de uma mulher o seu passado pode ser reavaliado. Depois que sua carne fica mole; depois que ela se casa e tem filhos; depois que seu charme desaparece; depois que a mulher deixa de ser uma proposta, ninguém liga para *o que você foi*. Ninguém se lembra. Você só existe para os outros em relação *ao que você se tornou* – seu marido, seus filhos, seu emprego. Todas aquelas oportunidades perdidas. Todos aqueles encontros excitantes da adolescência que ela negou a si mesma, quando seu corpo ainda era jovem e firme. Se ela pudesse voltar no tempo, não seria tão cautelosa; tão esperta. Se pudesse voltar no tempo, Jenny O'Brien iria subir aquelas escadas e, sem dúvida, ser *uma daquelas garotas*.

Nathan caminha na frente com Gregory. Eles encontraram um interesse comum em futebol, ao que parece, discutindo os prós e contras de Moyes como o novo diretor técnico do Manchester United. Ela ainda se surpreende ao ouvir o marido discursar sobre aqueles assuntos triviais, mas nem mesmo assim ele consegue se livrar da beca. Seu enfoque didático do que deveria ser uma conversa fácil e agradável dá a impressão de que o futebol – como a arte moderna ou o cinema japonês – é um tópico educativo e não uma paixão vital.

︵

Os olhos de Emma não deixam as costas de Nathan nem por um momento; seus ombros atléticos dentro de uma camisa polo verde-esmeralda. Basta ele virar um pouco a cabeça e olhar na direção dela que Emma fica de prontidão, com um sorriso nos lábios; um olhar, um aceno – qualquer tipo de oferenda de paz. Jenn põe a mão no ombro de Emma e dá um aperto carinhoso nela.

– Está tudo bem por aí?
– Está.

A resposta curta e seca é uma advertência. O assunto não está aberto a discussão. Jenn não desiste – não ainda. Faz uma pausa para causar mais efeito.

– A questão com rapazes, Em... – Ela suspira – já sabe como isto vai acabar, mas continua firme. – O que você deveria saber sobre eles é que eles gostam de bancar...

Emma olha irritada para ela.

– Chega. Você não sabe nada sobre ele.

Por mais preparada que achasse estar, Jenn leva um susto com o veneno na resposta de Emma; com a raiva nos olhos dela. Ela levanta as mãos num gesto de rendição, sorri, tenta não mostrar seu choque e sua mágoa. Ainda na véspera Emma segurava sua mão e lhe agradecia por ter feito isto acontecer. Emma sacode a cabeça e sai andando na frente. O espaço entre seus dentes ainda está lá.

―

De repente, a trilha acaba. Não há nenhuma indicação na paisagem, nenhuma descida gradual ou deslizamento de solo, nada para sugerir que a claridade e a abertura que surgem de repente são uma queda mortal. Eles já andaram por esta trilha inúmeras vezes; respeitam as mudanças que as estações do ano causam na paisagem, são atentos aos seus truques e perigos ocultos, entretanto é Nathan, o noviço, que percebe. De repente, ele estica o braço contra o peito de Gregory.

– Cuidado!

Emma grita. Todos soltam uma exclamação de susto seguida por um silêncio prolongado. Talvez, se Emma não tivesse sido malcriada com ela, Jenn pudesse ter notado que eles estavam subindo por cima de uma barreira erguida propositalmente, e não formada por detritos; ter notado o sinal de tinta vermelha um pouco atrás, direcionando-os para cima e para longe da plataforma de pedra. Mas nenhum deles poderia ter visto o aviso que foi arrancado pela tempestade da semana anterior. Com os dois bastões de caminhada plantados firmemente no chão, Gregory se aproxima da beirada. Ele inclina a cabeça e os ombros para a frente para espiar para baixo; Jenn faz o mesmo. Ela fica tonta e recua na mesma hora. Logo abaixo do precipício, uma casinha de pedra está pendurada no bloco de terra e rocha que simplesmente desmoronou, levando a casinha com ele. A coisa toda, casa e pedaço de terra, está imprensada na metade do precipício. Abaixo não há nada: não há mar para atenuar a queda, apenas pedras e pinheiros caídos cujos galhos espetados parecem espadas.

Gregory se vira para eles, sorrindo afetadamente.

– Então é assim que a prefeitura de Deià está controlando a população de turistas.

Mas há medo nos olhos dele. Está pensando a mesma coisa que os outros: que poderia ter sido eles. Ele recua da beira do precipício, pega a mão de Emma e a aperta com força. Só Nathan parece indiferente; ele já está voltando por onde veio, tentando ver onde eles erraram o caminho.

– Aqui! – ele grita. – Eureca! – O borrão de tinta vermelha num toco podre de árvore é inconclusivo, eles poderiam dobrar tanto para a direita quanto para a esquerda. Nathan aponta para cima, para uma mancha vermelha nas árvores acima. É para lá que temos que ir. Problema resolvido.

Gregory não se mexe.

– Não sei, gente... Pode ser outra roubada.

Jenn não consegue enxergar tão alto; Emma ainda não está preparada para tomar o partido de Nathan. Ele encolhe os ombros.

– Não deveríamos pelo menos verificar?

Emma vai para perto do pai, que ainda está testando o solo com os bastões. Jenn lança um olhar solidário para Nathan; demonstra sua aprovação com um encolher de ombros. Ele sorri de volta, e entra no bosque. Eles acompanham o progresso dele vendo de vez em quando sua camisa cor de esmeralda aparecer no meio das árvores. A subida é íngreme. Ele está acima do despenhadeiro agora. É uma descida direta para dentro do precipício – com terra solta o tempo todo, e pouca coisa em que se segurar. Se ele escorregasse, poderia morrer.

– Ele está muito alto – Emma diz. Ela se aproxima, esquece a zanga por um momento e se encosta em Jenn, aflita. Jenn a abraça.

– Ele está bem, Em. Ele sabe o que está fazendo.

Greg aperta os lábios, solta um assobio surdo. Jenn o silencia com um olhar. Seus brônquios estão fechando de novo. Sua respiração fica ofegante, como se ela tivesse lã nos pulmões. Ela olha na direção do mar. As nuvens baixas estão se dispersando; pedaços de azul estão começando a aparecer. Entretanto, ela sente que há uma tempestade a caminho.

Nathan aparece numa clareira no ponto mais alto da floresta. Ali, as árvores dão lugar a platôs de oliveiras castigadas pelo tempo. Eles mal o veem quando ele se agacha e descansa as palmas das mãos sobre as coxas. Então ele volta a ficar em pé e torna a desaparecer. Segundos depois, ele está numa clareira. Ele acena, chamando-os.

— Encontrei! — ele grita. — Podem vir!

O rosto de Gregory treme. Ele enxuga o suor da testa.

— Nós não podemos simplesmente atravessar o quintal de alguém — ele diz em voz baixa. Nathan — uns cinquenta metros acima deles — responde como se estivesse ali ao lado.

— Não é um quintal; é apenas um velho bosque de oliveiras.

Ele desaparece brevemente e depois reaparece do outro lado do desfiladeiro, trotando ladeira abaixo como uma cabra. Está se divertindo, sorrindo para eles enquanto salta até a beirada do penhasco como se aquilo fosse a coisa mais simples do mundo. Gregory fecha a cara. Ele aperta os olhos e começa a procurar um caminho alternativo para cruzar o precipício. Jenn se encosta num tronco de árvore enquanto ele planeja sua rota. Ele move os lábios silenciosamente antes de revelar seu plano.

— Certo. Estão vendo ali atrás onde a ladeira vai dar na enseada? Então — olhem para ela. Estão vendo os degraus na face do penhasco? Aquele é o velho caminho que vai dar na prainha. Lembram?

Ela traça mentalmente a rota pelo lado do penhasco. Aquela pequena fileira de pontos de apoio para os pés pode ter funcionado como escada antes, mas, como o resto da paisagem, eles também desmoronaram; não há como eles estarem estáveis.

– Não sei, Greg. Você é o único que está com os sapatos apropriados. Por que não usar a outra trilha?

Ela tem o cuidado de não dizer a trilha *dele*. Uma série de trovões move a cabeça deles na direção do mar. É um som denso e gutural, como se viesse das entranhas do oceano. Greg parece nervoso; Jenn, vitoriosa.

– Você trouxe o seu inalador?

– Não. Você previu um céu claro.

Ela deixa que ele sofra por uns alguns instantes, depois tira do bolso o inalador rosa, dá uma cheirada por precaução. Greg grita para Nathan:

– Você vai ter que voltar, Nathan! Nós vamos seguir um caminho diferente. Temos que nos apressar.

Jenn tenta controlar a irritação. Antes ela poderia ter achado a teimosia de Greg adorável; agora ela só a vê como maluquice. Nathan está parado em chão firme, sacudindo a cabeça, e Jenn percebe, furiosa, que não está constrangida pelo marido; ela está com vergonha dele. Este homem barbudo com suas botas e seus bastões de caminhada prejudica a imagem dela. Ele enterra os bastões no chão e sai andando, indiferente. Emma corre para alcançá-lo; segura-o pelo pulso. Com um gemido abafado, Jenn empurra o tronco da árvore com as duas mãos, inclinando-se para a frente.

– Greg! Você não acha que deveríamos pelo menos *experimentar* a outra trilha? Afinal de contas, ele está *lá*. Ele está do outro lado!

– Mas do outro lado de *onde*? *Esta* é a trilha! – ele responde.

Jenn fica indecisa, sem saber a quem seguir. O céu estala e ronca. Greg sacode o bastão na direção dela.

– Jenn! Quer fazer o favor de vir?

Ela o vê subir a ladeira aos tropeções, com Emma quase os arrastando para baixo. Ela olha até eles desaparecerem de vista.

11

Os burros cobertos de pulgas param de mastigar quando ela escorrega de bunda até o bosque de oliveiras. Cautelosamente, ela fica em pé e passa pelos estranhos animais. Ela procura por Nathan. Ele está montado num tronco de árvore caído, fingindo que está contemplando o mar, mas observando-a furtivamente. Ele se levanta, vai até ela, tira a mochila das costas dela e a pendura sem esforço algum em seu ombro.

– Ele é sempre assim?

Ele tem um brilho debochado nos olhos. Ela fica na defensiva.

– Assim como?

Ele encolhe os ombros. – Infantil. Teimoso.

Ela dá um passo para trás.

– Greg conhece as trilhas de trás para a frente. Há anos que nós andamos aqui.

– O quê? Ele as conhece tão bem a ponto de pôr em risco a vida da própria filha?

Ele vai até a beira do penhasco. Um relâmpago rasga o horizonte. Ele aponta para a enseada abaixo e traça um caminho com o dedo.

– É para lá que eles estão indo?

Ela acompanha o olhar dele até os degraus frágeis, que terminam abruptamente a meio caminho da enseada. Um deslizamento de terra abriu uma cratera na encosta, lançando um monte de pedras na praia. Mais uma vez, ela sente uma pontada na boca do estômago. Ela dá de ombros. – Imagino que sim. Quem sabe?

– Loucura – ele resmunga.

Mesmo na enseada protegida abaixo deles, o mar está agitado, com gaivotas voando sobre ele. Há o brilho de um telhado de zinco; uma cabana de pescador. Pequenos barcos de madeira agitam-se em seus ancoradouros. Sim, ela pensa, loucura – e segue Nathan andando de lado, um pé colocado cautelosamente depois do outro, pela descida estreita e depois descendo devagar os degraus do penhasco.

⌒

Não há areia, não há cascalho, apenas rochas e pedras de diversos formatos, tamanhos e texturas; algumas lisas como enormes ovos pré-históricos, outras pontudas o bastante para cortar as solas de seus pés. A enseada de pedra está vazia exceto por duas mulheres, uma sentada entre as pernas da outra, ambas contemplando o mar tempestuoso. Jenn escolhe uma pedra larga e chata, um pouco antes da beira da água. Ela se agacha e arruma a comida. Nathan aperta os olhos quando vê a mulher mais velha beijar a namorada no pescoço. É censura isso em seu olhar? Ou, como a maioria dos rapazes, ele se sente fascinado? Ela bate de leve no ombro dele com uma garrafa d'água. O rosto que ele vira para ela não é nem desconfiado nem crítico – apenas pensativo.

O sol aparece, entretanto está chovendo. O céu ruge. Nathan faz uma varredura de 360 graus do horizonte.

– É o clima de montanha – ela diz. – Às vezes o céu pode estar todo azul, sem uma nuvem... e então, de repente, um temporal. Uma chuva torrencial. Um verão nós estávamos tomando sol no terraço, no início de junho, e de repente...

Ele está virado para o outro lado; não está prestando atenção, ela pensa; não está nem remotamente interessado nessa mulher de meia-idade, tagarelando sobre férias passadas. Ela para no meio da frase, tira os sapatos, fecha os olhos e se deita na pedra, com a cabeça virada para longe dele. Ela espera que Greg chegue logo.

– Ouve só! – ele diz. Ele fica em pé, tapando o sol.

Ela levanta o corpo.

– Shh – ele diz, e levanta um dedo. – Você ouviu isso?

Greg está chamando o nome dela. O som vem de algum lugar lá em cima.

– Ali – ele diz.

Ele está apontando para a face do penhasco, num ponto bem afastado da praia. Ela pode vê-los agora, dois pontinhos de cor no alto do penhasco. Como foi que eles chegaram *lá*? Eles ainda estão do lado errado do despenhadeiro. Ela sente uma vergonha momentânea da burrice dele; mas então ele torna a chamar – *Jenn!* – e a voz dele tem uma ponta de desespero. Nathan começa a subir pelas pedras. Jenn vai tropeçando atrás dele.

Ela pode vê-los claramente, bem acima deles, numa plataforma de pedra. Emma está deitada de lado, chorando.

– Voltem! – Greg grita. A voz dele ecoa no desfiladeiro. – Ela quebrou o tornozelo.

–Ah, que droga... – Jenn resmunga. Nathan lança um olhar para ela. Ela grita para eles:

– Emma, querida, você consegue se levantar?

Emma tenta ficar em pé, grita, desiste e torna a sentar. O rosto vermelho de Greg aparece, olhando zangado para eles.

– Não seja idiota! *Se ela pode se levantar.* Ela quebrou o tornozelo.

Jenn sacode a cabeça para Nathan.

– Ela não deve ter quebrado. Eu aposto que é só uma torção.

– Como assim?

– Eu conheço Emma.

E conhece *mesmo*. Uma menina predisposta ao melodrama; uma menina que tem que ser sempre o centro das atenções; prefere deixar você correr com ela para o hospital a dizer que a dor diminuiu. Com Emma, uma dor de cabeça é sempre uma enxaqueca, uma diferença de opinião é sempre uma briga. Uma vez, Jenn tinha corrido para a escola depois que Emma ligara para ela no trabalho, chorando copiosamente, dizendo que a professora de ginástica a obrigara a jogar bola ao cesto com a roupa de baixo. A realidade, conforme ela ficou sabendo na sala da diretora, era que Emma tinha esquecido o uniforme e tinham emprestado para ela um par de calções de ginástica que, Jenn foi obrigada a reconhecer, eram exatamente os mesmos de nylon azul que ela usava – sem protestar – para fazer cross country. Nathan olha espantado para ela. Jenn se pergunta se ele vai delatar a madrasta desnaturada. Naquele momento, ela não está ligando a mínima para isso.

– Eu vou levá-la de volta – Greg grita. – Ela precisa ser examinada.

Ele pega a filha no colo. A voz dele tem um tom martirizado e ao mesmo tempo acusador. De alguma forma, Jenn se tornou a culpada por isto: se ela tivesse seguido a trilha *dele*, se ela não o tivesse desafiado, estaria ali para cuidar de Emma.

Ela não tem que dizer nada para Nathan. Eles começam a guardar a comida e os pratos de plástico; o piquenique perdeu o sentido agora. As duas mulheres estão namorando no mar. O vento é gelado, e as ondas as lançam de um lado para o outro, mas elas estão rindo, sem medo nenhum, vivendo intensamente o momento. Jenn se vira para olhar para elas, apreciando de longe o movimento do mar, a sensação de liberdade que vem de estar lá fora, no mar aberto e agitado. Teria sido ela ali, tempos atrás; ela teria sido a primeira a entrar, e teria nadado lá para fora.

Ela fica em pé na pedra. A princípio, não tem certeza de que vai fazer isso. Ela solta os braços da blusa e começa a se despir rapidamente; pega a roupa de banho na mochila e desaparece atrás de uma pedra.

– O que você está fazendo?

– Estou me preparando para nadar.

– Agora?

Ela aparece com seu biquíni vermelho, o que ela traz todas as férias, mas raramente usa; nada de maiô inteiro para Jenn hoje. Ele a fita de cima a baixo.

– Não era melhor nós voltarmos?

– Pode ir, se quiser.

Ela desce pelas pedras e mergulha de cabeça no mar, arranhando o joelho numa pedra submersa quando começa a nadar. Está mais frio ainda que ontem, mas ela é imediatamente tomada por uma maravilhosa sensação de bem-estar. A cada braçada, a sensação térmica muda – frio, gelado, revigorante – mas o mar batendo contra sua pele é uma sensação divina. Ela para, bochecha um pouco de água salgada e cospe, pronta para enfrentar a força do oceano. Só seus pulmões prejudicados protestam.

Ela descansa de costas, as ondas batendo em seu rosto enquanto se deixa levar pela água. Ela vira a cabeça para trás para olhar para o penhasco, tomando cuidado desta vez para não se afastar muito da praia. Nathan foi embora. Ela se sente traída, e logo em seguida irritada – com ele, com a coisa toda; com o modo como suas férias foram estragadas. Isso não vai acontecer de novo, ela promete a si mesma. No ano que vem, ela e Greg virão juntos. Sozinhos. E ponto final.

⌒

Ela sente a chuva antes de ela cair. Uma neblina pesada paira sobre o mar. Ela nada de volta para a praia. Gotas pesadas de chuva caem sobre sua cabeça – em seguida vem o temporal, exatamente como dissera a ele; repentinamente. Ela nadou com mais empenho, os braços pesados, entorpecidos pelo frio. A enseada está à vista, mas ela a está vendo borrada e fora de foco. Ela arranha o pé contra uma pedra, mas consegue ficar em pé e dali pular para outra pedra submersa. A onda a joga de volta no mar, e ela tem que usar toda a força da parte superior do corpo para tornar a subir na pedra. Ela recobra o fôlego, depois vai andando por dentro d'água até a praia. Chegando ao raso, tem que sentar até seus batimentos voltarem ao normal. Precisa de três tentativas para sair da água. Senta-se numa pedra, tremendo, tentando recuperar o fôlego. A chuva dança no mar.

A toalha é colocada em seus ombros com tanta ternura e cuidado que, por um segundo, ela pensa que as mulheres vieram socorrê-la; mas o braço que a ajuda carinhosamente é magro, embora musculoso. Ela aceita a mão dele para ficar em pé. Ela fica perto dele enquanto a chuva cai torrencialmente e as pedras se tornam escorregadias.

Há uma parte oca na face do rochedo que não tem mais do que quatro ou cinco metros de profundidade e onde dá para ficar em pé.

— Você está tremendo — ele diz. Precisa do seu inalador?

Um arrepio de ansiedade. Isto não é hora de parecer vulnerável. Ela pega a toalha e enxuga vigorosamente o cabelo. Ele se agacha e procura dentro da mochila. Já recuperada, tira a mochila da mão dele e pega o inalador. Inspira com força e se encosta na pedra, esperando que suas vias respiratórias se abram de novo. Nathan espera, com um sorriso confuso no canto da boca.

— Você é louca.

Ela desvia do olhar dele, enfia a mão na mochila e tira dois sacos de papel; passa um para ele. Ela se agacha contra a parede, e ele se acocora ao lado dela. Ela come com vontade, sem nenhum acanhamento. O recheio dos folhados esfriou e endureceu, sujando seus dedos de gordura cor de laranja. A explosão de sabores, um depois do outro — espinafre e anchovas e azeite —, é boa, e cada bocado a fortalece.

Uma trovoada torna a soar, mais perto, bem acima deles, fazendo Nathan olhar para o teto da caverna — e depois para ela. O ar está pesado. Seus joelhos se tocam a toda hora no escuro. Não existe espaço para ambiguidade ali. Ela fica em pé e vai para o fundo da caverna com suas roupas. Agacha-se no meio dos detritos de latas de cerveja, papéis e restos de uma fogueira. Do lado de fora, a chuva cai com mais força, resvalando nas pedras e começando a entrar na caverna. Jenn calça os tênis e coloca a mochila nas costas. Ela se encosta na parede da caverna, usando a mochila como almofada. Na meia-luz, ela pode sentir o olhar de Nathan buscando o dela. Ela fixa os olhos do lado de fora, examinando as nuvens com uma concentração determinada. A chuva cessa tão subitamente quanto começou. Ela larga a mochila; vai até a boca da caverna. Há uma sugestão de luminosidade no horizonte. Embora seu peito diga que deveria descansar mais um pouco, o bom senso manda que ela se apresse.

– A chuva passou. – Ela espia para fora. – É melhor nós irmos enquanto podemos...

Ela se vira – ele está ali parado, imóvel, olhando para ela, com os braços caídos ao longo do corpo. Sua expressão é intensa, ele percorre o corpo dela com os olhos até chegar ao rosto. Quando não consegue mais suportar isso, ela volta para dentro da caverna e passa por ele para pegar a mochila. Ele estende a mão e agarra o pulso dela. Ele acaricia a palma da mão dela com os dedos e os entrelaça nos dela. Ela não consegue olhar para ele. Fica ali parada, deixando-o acariciar sua mão, contemplando o mar; ele está olhando para dentro da caverna. O toque dele parece terra úmida e quente. Ele está ofegante. Sua respiração enche toda a caverna.

Delicadamente, com firmeza, ela solta os dedos e sai da caverna, descendo pelas pedras. Ela sobe a encosta íngreme sem olhar para trás.

12

Ela fica desanimada quando chega no alto da trilha de terra. A van branca de Benni está na entrada da casa; o carro alugado deles não está à vista. Benni está encarapitado numa escada, colhendo os últimos limões. Ao ouvir o rangido do portão, ele se vira, quase caindo da escada. Ele desce e se aproxima, sorrindo. Jenn aperta o passo nos últimos metros e sobe os degraus da entrada. Ela pode sentir Benni vindo atrás dela.

– Amanhã eu vou pedir a Maria para fazer uma torta de limão espetacular para vocês. Um presente nosso.

Ele está falando com ela enquanto levanta a cesta de limões, mas os olhos dele estão fixos em Nathan. A torta é só uma desculpa; um subterfúgio. Jenn duvida que ela apareça. Ele cumprimenta Nathan com a cabeça – ela não os apresenta.

– É muita gentileza sua – ela diz, e então se vira e abre a porta.

– Estou vendo que vocês têm um novo hóspede. Acho que não nos conhecemos, não é?

– Nathan, Benni; Benni, Nathan. – Ela empurra Nathan para dentro, dá um sorriso de despedida para Benni e fecha firmemente a porta.

Ele se encosta na moldura de madeira enquanto tira os tênis encharcados. Por um momento, ela fita os músculos dele sob a camiseta molhada. Ela não consegue suportar aquilo. Ela se vira e sai.

Lá em cima, ela acha o celular ainda ligado ao carregador, que está quente. Ela liga. O celular de Gregory toca no andar de baixo. Ela liga para o de Emma. Cai na caixa postal. Quando volta para baixo, Nathan está esparramado no sofá de cueca. Suas roupas molhadas estão penduradas nas costas das cadeiras. Ele está deixando uma mensagem para Emma. Jenn para no último degrau da escada.

– Não consigo completar a ligação – ele diz. – Quer um café?

Como se nada tivesse acontecido lá na praia. Como se o silêncio que mantiveram durante todo o caminho de volta, até o final da trilha de terra, fosse inteiramente normal. Talvez não tenha acontecido. Talvez só tenha acontecido na cabeça dela.

Ela vai para a cozinha, pega a chaleira. Para na porta que dá para o pátio, olha na direção da piscina, imaginando se deveria segurar as pontas e pedir a Benni para levá-la de carro até o hospital. O céu está escurecendo de novo; ela ouve trovoadas ao longe. A chaleira está apitando. Benni aparece no meio das árvores, juntando os limões estragados com um ancinho. De vez em quando ele olha disfarçadamente para a casa. Ela não vai pedir a ajuda dele de jeito nenhum. Gregory tem razão em não gostar daquele velho detestável. Por que ele aparece lá todo dia? Há sempre alguma desculpa – está colhendo frutas ou limpando a piscina. A casa é dele, é claro, ele é dono da propriedade; mas por duas semanas ela é *deles*. Ontem, ele estava aqui quando eles voltaram de Valldermossa. Eles o viram da cozinha, espiando Emma tomando sol na piscina. Greg estava prestes a sair de casa para dar um passa-fora nele, mas ela não deixou. Brincou dizendo que ele não se importava que Benni visse a esposa dele de biquíni. Da próxima vez que o marido ameaçar ir atrás dele, ela não vai impedir. Da próxima vez que o marido pedir a ela para fazer alguma coisa, ela fará. Está profundamente arrependida; ela quer que ele volte para casa. Ela quer que tudo volte ao normal.

Ela sai de junto da porta do pátio; anda em volta da escada. Ouve o barulho da chaleira despejando água na cafeteira. Sente um gemido de dor quando o café quente respinga na mão dele. Mãos fortes, masculinas. Dedos macios e longos. Ela sente um vazio no estômago.

Ele entra na sala, tomando café numa caneca.

– Tem bastante no bule se você mudar de ideia.

Como se estivesse falando com um colega de quarto. Com o pai. Ele torna a se esparramar no sofá, descansa os pés na mesa, pega o iPad e começa a digitar com as duas mãos. O que ele está escrevendo? O que está dizendo?

– Vou tomar um banho – ela diz. – Pode tornar a tentar falar com a Emma?

Ele não se digna a responder. Ela olha para baixo quando sai; ele já encheu quase uma página inteira.

⁓

Lá em cima, ela tranca a porta do quarto, depois a do banheiro. Liga o chuveiro – o mais quente que consegue aguentar. Ela se ensaboa, molha a bucha e começa a esfregar o sal, o mar e tudo o mais de sua pele. A pele dele tocando na dela. Uma facada. Ela tira o chuveiro do gancho, dirige o jato de água para entre as pernas. Perde o fôlego com o contato da água, com a sensação estranha que vem lá do fundo. Um gemido rouco quando enfia a cabeça do chuveiro uma, duas vezes, quase sem conseguir suportar seu tamanho e sua dureza. Ela para. Torna a prender o chuveiro na parede. Sai do banho. Limpa o vapor do espelho para se ver; para se censurar. Passa o dedo pela carne macia de suas coxas e nádegas; toca na cicatriz do apêndice; segura os seios – junta-os e depois os deixa cair. Ainda aquela insatisfação; aquele latejamento entre as coxas.

Ela fica surpresa ao ouvir música vindo do quarto dele – "Unravel" com Bjork; uma de suas canções favoritas. Será que ele sabe disso? É claro que não. Por que ele está ouvindo tão alto? Que mensagem está mandando para ela? Nenhuma. Nada. Pare com essa maluquice. Ela se enxuga, se veste, passa pela porta do quarto dele sem fazer barulho, querendo descer; ir para o mais longe possível. A porta está entreaberta. Um convite. Esta ideia a deixa tonta. Ela aperta o passo e desce.

Vai para a cozinha para se ocupar de alguma coisa. A chuva parou. O vento balança os limoeiros, folhas queimadas pelo sol caem da árvore. Ela ouve o ronco de uma moto subindo a ladeira. Vai lá fora para pendurar as roupas molhadas. Benni está carregando a van. Ela torna a entrar. Só eles dois. Era isso que ela queria? Não. Não. Ele agora está na sala. Ela sobe a escada e guarda a roupa lavada. Ela se deita na cama. Não consegue sossegar; não consegue encontrar calma para fazer nada.

⁓

Embaixo. Ela está na cozinha, lendo *Walden*, a última frase, sem parar, sem prestar a menor atenção. Ele entra e se serve de um copo d'água, demorando bastante para ela notar seu corpo jovem e musculoso. Impossível. Injusto. Foda-se, ela pensa. Foda-se a Emma. Ela desvia os olhos, volta a ler seu livro.

Ele se aproxima. Põe o copo d'água em cima da mesa na frente dela, obrigando-a a olhar para ele.

– O que é? – ela diz. Fecha o livro com força, se levanta, a cadeira arranhando o chão, um arranhão sem cerimônia, uma confrontação. Ele vai atrás dela para a sala. As mãos dele estão na cintura dela, empurrando-a contra a parede, a ponta do seu pau pressionando suas nádegas. Ele morde o ombro dela. Levanta o cabelo de sua nuca. Ela mantém os olhos fixos na parede branca; recusa-se a olhar para ele. Furiosa com a audácia dele; desesperada quando ele se afasta.

– Jenn – ele diz.

Ela se recusa a olhar; e enquanto não olhar para ele, enquanto ficar olhando para a parede, isto não está acontecendo.

A palma da mão dele entre suas pernas. Ela as afasta ligeiramente – mas não as abre, não cede. Ele enfia três dedos nela; ele está segurando todo o peso do corpo dela em sua mão quando enfia os dedos e suspende. Ela pulsa na mão dele. O som do carro subindo pela estrada de terra. Ela rola para a frente e para trás na mão dele, apertando, tentando excitá-lo com as nádegas, implorando para que ele a faça gozar. A mão dele fica imóvel.

– Beije-me – ele diz baixinho contra o ombro dela. O carro entra pelo portão. Ele aumenta a pressão da mão, mas a mantém fixa, como um fecho, mantendo-a costurada, presa. Ainda em controle; mas, como ela, quer se soltar. Um grito parece sair de suas entranhas. Não é de relaxamento ou de prazer, mas de misericórdia, encharcando a calça e a palma da mão dele. A batida da porta de um carro. Só uma. Onde está Emma? Passos no terraço. Ele tira a mão, deixando-a escancarada, abandonada. O ar-condicionado bate no seu rosto suado, na sua calcinha molhada. Ele vai para o sofá; pega o livro. Ela ainda está parada na entrada da sala, tonta, quando Gregory entra. Ele está carregando Emma, que tem a perna engessada.

13

Jenn vê o dia nascer da janela da cozinha; pinceladas verdes e cor-de-rosa aos poucos avivam o céu. O mar começa a brilhar, passando de cinzento a prateado. Sem querer acordar a casa com o barulho da chaleira elétrica, ela ferve uma panela d'água no fogão. A cafeteira está suja com o café da véspera, mas ela não liga. Tira um vidro de café instantâneo do armário. Ela tem que espetar o café endurecido com uma faca, depois raspá-lo. Tira a panela do fogo; ele continua a borbulhar melancolicamente e ela despeja a água na xícara. Toma o café preto, sem açúcar, encolhendo-se ao dar o primeiro gole, amargo como o resíduo dos sonhos da noite passada. Ela toma mais um gole, faz força para engolir. Ele arranha a garganta dela, e isso de certa forma parece certo; parece hóstia.

Ela não faz ideia do tempo, não sabe há quanto tempo está parada na janela, mas o café está frio e do lado de fora um monte de limões rachados e murchos está visível agora, sob a pálida luz da manhã, varrido com ancinho até uma pilha de adubo composto no canto mais distante do pomar. Sua mente dá um salto: toda sequência de ideias volta a ele.

Ela põe a mão no peito; seu coração bate medrosamente dentro de sua gaiola. Gostaria de tirá-lo e colocá-lo debaixo da torneira fria; ela gostaria de retirar todas as impurezas dele até a água sair limpa. Gostaria de ir direto até o quarto dele e pedir que fosse embora. Ela ensaiou bastante este momento nas últimas horas. Mas sempre que se prepara para esta possibilidade, ela é derrotada pelo resultado. Ela o imagina longe e se sente perdida.

Ela vai até o terraço, a luz clara da manhã realçando a deterioração das espreguiçadeiras. O deque de madeira está sujo, seu verniz à prova d'água começando a descascar. Cuidadosamente, senta-se numa das cadeiras. O estofado está molhado. Seus olhos ardem. Sua cabeça está latejando. Faz muito tempo que ela não se sente tão necessitada de sono. Fica ali sentada por algum tempo, pensando nos plantões na clínica de idosos, tantos anos antes. Plantões de doze horas, às vezes por dez dias seguidos. Quando conseguia pegar o ônibus das 7:30, de volta para Rochdale, ela podia dormir quatro horas até a hora de entrar na editora. Greg pôs um ponto final em tudo isso. Ele pôs um ponto final em um monte de coisas – para melhor. Seis meses depois de conhecê-lo, ela pediu demissão, voltou para a faculdade e herdou uma filha. Cinco anos depois, ela dirigia uma casa de repouso. Ela o ouvia naquela época; confiava nele. Greg sempre parecia saber o que era certo para ela, e como fazer isso acontecer. Ela nunca tinha tido isso antes – de nenhum dos seus professores, e muito menos de um namorado. Seu pai sempre demonstrara acreditar nela, mas isso era diferente. Da parte dele, era mais uma confiança cega na capacidade dela em fazer as coisas acontecer – em reverter o que o destino lhe trazia de ruim. E ela possuía essa capacidade; Jenn era uma viradora. Ela era trabalhadora e foi em frente, ganhando a vida e vivendo a vida, de certa forma. *Você é mesmo uma viradora, meu bem. Igualzinha à sua mãe.* Por um momento ela pode vê-lo; ela poderia estender a mão e tocar nele, até piscar os olhos. Papai. O que ele pensaria dela agora? Ele gostava muito de *Grigree*. Não tinha importância ele ser mais velho ou ser pai de uma garotinha. Ele era bom; era um homem bom e sólido, com um bom emprego e um nome bom e sólido. Grigree. Ele também tinha uma aparência boa e sólida. Tudo nele era grande e imponente; reconfortante. O tipo de homem que um pai quer para a filha.

O pescoço dela estala como sal passando por um moedor quando ela o estica para a frente. Seus ombros doem por ter dormido na cama de hóspedes na noite passada, pouco mais do que um fino colchão sobre uma base dura como pedra. Tempos atrás, Emma adorava dormir ali. Ela nem pensaria nisso, hoje.

Num determinado momento, ela julgou ouvir passos. Alguém pareceu se demorar em frente à porta dela antes de tornar a subir a escada. Greg? Será que ele tinha ido pedir desculpas? Tinha sido frio com ela desde que voltara do hospital, e, embora não dissesse isso, porque sabia o quanto soaria injusto – o quanto soaria absurdo – no fundo ele a culpava pelo acidente no penhasco. Ela percebera o quanto estava furioso ali deitado na cama, cozinhando a raiva no escuro. Os olhos dele estavam fechados, mas ela podia sentir a mente dele funcionando, colocando entre eles o seu ressentimento, a sua vingança, como um hóspede indesejado. Quando ele finalmente adormeceu, ela permaneceu acordada. Ela pegou o travesseiro e desceu. Os passos do lado de fora da porta eram indecisos, nervosos; leves demais para serem de Greg. Mas ela não podia saber. E depois que o pensamento se infiltrou – a possibilidade de que Nathan tivesse ido procurá-la no meio da noite, querendo deitar com ela – foi impossível voltar a dormir. Isso não foi mais do que umas duas horas atrás. Agora o sol está nascendo, já começando a dispersar a barreira de nuvens que cobrem os picos das montanhas. Ela ouve uma van descendo a encosta. E em algum lugar, do outro lado da colina, sinetas de cabras anunciam o novo dia. Ela não está pronta para ele, por enquanto. Ela pega a cadeira e vai para o lado da casa. Lá há sombra e está mais fresco; a grama ainda está úmida. Ela fecha os olhos e tenta esquecer.

Ela ouve o portão ranger, mas não consegue acordar. Depois ouve sons ofegantes de um macho cansado; recuperando o fôlego. Ele não a viu lá, na sombra. Ele está dobrado em dois, com as palmas apoiadas nos joelhos, tentando recuperar o fôlego. Endireita o corpo e percorre o caminho mancando, com as pernas duras, a camiseta enfiada na cabeça, parecendo um beduíno. Seu peito está coberto de suor. Ele bebe água no cano, joga água no rosto e se encosta na parede; e ela sente um nó nas entranhas. Greg tem uma dúzia de modos mais eloquentes de descrever a depravação dessa sensação. Ele os havia escrito no vapor do espelho do banheiro quando começaram a transar – um a cada manhã durante semanas, e ela tinha pensado que eles eram dele. Mas quem quer que seja que ele estivesse citando – Shelley ou Coleridge – nenhum chegou tão perto quanto os clichês da pura selvageria daquela paixão primitiva. Olhar para Nathan foi como ser atropelada por um caminhão; ela vê estrelas; fica agoniada.

Ele tinha corrido. O short dele está encharcado. Quando foi que ele saiu? Por que ela não o viu? Será que *ele a viu*? Ele pula o muro. O short dele estica e ela pode ver o contorno do seu pau. Ele atravessa o terraço como um puma, e então desaparece. Ela não o vê mais. Ela ouve o ruído da sua mão suada no batente da porta quando ele se apoia com uma das mãos e tira os tênis com a outra.

Há um silêncio prolongado em que ela espera para ouvir os passos dele. Ele deve ter subido para o quarto. A voz dele a pega de surpresa.

– Então você também não conseguiu dormir?

Ela parece vir diretamente de cima dela, da janela da cozinha. Ela não se mexe. Concentra-se numa lagartixa parada na borda de um vaso de cerâmica.

– Jenn? Podemos conversar?

Ela não consegue dizer nada. Ele abre a torneira. Ela o ouve suspirar enquanto enche o copo. Ela imagina as ondulações em sua garganta enquanto ele mata a sede e seu estômago se contrai. O copo é colocado com firmeza sobre a mesa. Ela está raciocinando, preparando um longo discurso, quando ele volta para o terraço. Ele parece entrar e sair do seu campo de visão, como um filme; ele está ali, entretanto não é real. Ela sabe o que tem que dizer; tem que ser bom e tem que ser definitivo.

Como se tivesse interpretado o seu olhar e conhecesse o seu destino, Nathan dá meia-volta, para de costas para ela e hesita, os ombros subindo e descendo. Ele começa a dizer alguma coisa, mas desiste e torna a entrar na casa. Minutos depois, ela ouve o barulho do chuveiro no banheiro principal. Ela se sente vulnerável, rejeitada. Ela entra para procurá-lo, mas se controla; fica na cozinha, pensando, pensando. Põe a chaleira no fogo para fazer um café.

Ele está sentado de cueca à escrivaninha do quarto, mergulhado em seus pensamentos, sua caneta se movendo rapidamente pelo papel. Os olhos dela levam alguns segundos para se adaptar, e a imagem a pega de surpresa – embora não devesse. Houve uma época, e não faz muito tempo, em que quase todas as manhãs ela o encontrava assim, curvado sobre a mesa da cozinha, batendo nas teclas da sua velha máquina de escrever. Ele lhe disse que se sentia mais como um escritor batucando na sua Olympia. Mas a última leva de rejeições parecia ter apagado para sempre a chama de Greg.

Ele ainda escrevia – mas escrevia sob encomenda, não para si mesmo. Ele escrevia artigos para jornais; ele escrevia sobre as poetisas esquecidas do romantismo, Hemans e Landon. Quem está ligando para isso? Ele dizia, fechando com uma resignação cansada quando ela estava se preparando para dormir. Mas agora ela sabe que não é um poeta romântico que está alimentando o seu motor. Ele está trabalhando em algo dele. Algo novo, talvez – mas ela sabe que não deve perguntar. Ela para na porta para olhar para ele. Seus antebraços e pescoço estão bronzeados e seu torso está branco. A visão dele causa uma certa pena nela – um novo ingrediente no relacionamento deles, e um ingrediente que não agrada a ela nem um pouco.

Ele para de escrever ao vê-la, depois volta para o papel com uma rapidez renovada. Ela caminha na ponta dos pés e põe a bandeja ao lado dele. Ele olha para o bule de café, a limonada fresca e o folhado de ontem, requentado no forno. Ele sabe que isto é uma oferenda de paz, e segura o pulso dela e o beija – depois torna a pegar na caneta.

– Em algum lugar existe beleza; em algum lugar existe liberdade; em algum lugar ele está usando sua flor branca – ele diz.

– Lindo.

– Não é? Se ao menos fosse meu.

Ela fica ali mais um pouco, esperando que ele explique melhor, mas ele se volta para o papel, girando a caneta entre os dedos. Ela põe a mão de leve em seu ombro e sai.

⌒

Ela prepara um banho. Joga na água uma miniatura de espuma de banho de rosas. Ela vai se deitar e fechar os olhos por dez minutos; e quando tornar a abri-los vai recomeçar do zero. Ela pode desenhar uma linha e seguir em frente. Ela sorri, feliz, sonhadora, enquanto despeja o frasco do Malmaison e recorda a noite deles em Edimburgo. O seu décimo aniversário de casamento. Ela havia comprado um corpete cor de vinho com ligas combinando numa loja de lingerie na rua principal, mas Greg ficou embaraçado; ele não a queria toda "empacotada". Ela se sentiu uma idiota quando levou a lingerie indesejada de volta para a loja no dia seguinte, ainda dentro do plástico com as etiquetas intactas. Ela o levou para almoçar com o reembolso. Ela ainda se sentia uma idiota quando pediu uma garrafa de burgundy que sabia que ele iria adorar, mas que nunca tinha dinheiro para comprar.

A espuma está derramando pelo lado e ela fecha a torneira. Quando entra, a água transborda para o chão. Por um momento, há silêncio. Calma. A paz é quebrada por Greg gritando para Emma que estará com ela num instante. Ela escuta a cadeira dele arranhando o chão, o barulho dos seus passos quando ele atravessa o quarto e sai para o corredor. Será que ele está falando com Nathan lá fora? Ela se esforça para ouvir no meio do barulho dos canos. Ela ouve a risada nervosa de Nathan; vê sua covinha quando ele sorri tentando agradar. Seus dentes brancos e regulares. Ela junta as coxas com força; e rapidamente seu arrependimento e seus propósitos se transformam em desejo.

Ela enfia a cabeça debaixo d'água e tenta livrar-se dele; pensar em outra coisa. Quando foi que Greg disse que iriam substituir o gesso temporário de Emma? Será que eles vão ter que devolver as muletas? Será que ela precisa ligar para o banco para verificar se o seguro de viagem que vem com a Conta Premium deles tem limites ou exclusões? É inútil. A ardência entre suas pernas é dolorosa, impossível de ignorar. Ela tem que cuidar disso para poder raciocinar.

Desconfortável com o toque dos seus dedos, ela escorrega o sabonete entre as pernas. Ele escapole; ela tem que enfiar as unhas nele para firmá-lo. Devagar, ela o leva até o lugar onde a palma da mão dele a segurou. Ela move o sabonete devagar, para baixo e para cima, para baixo e para cima, experimentando, num ritmo descompassado com o do seu coração. Para cima e para baixo sem parar, até não estar mais consciente do ato em si; ela está olhando para baixo para o movimento do seu pulso. A água do banho derrama no chão em ondas ritmadas. Jenn levanta os quadris, o rosto alterado, os olhos fechados para a parede branca, lá embaixo. Ontem. Ela sente as mãos dele em sua cintura, as veias inchadas nos pulsos quando ele a tocou, a levantou do chão. E o cheiro dele, o sal em seus cabelos; seu suor, tão complexo em sua mistura de aromas, o perfume da juventude. Ela para. Seu pulso está entorpecido de tanto que ela apertou o sabonete. Mais alguns movimentos e ela vai gozar; mas aí ele vai desaparecer – e ela não pode suportar isso. Ela quer prolongar aquela sensação – se segurar nele – o máximo possível. Ela quer se virar e beijá-lo, como ele pediu para ela fazer. Ela quer beijá-lo com força na boca. E depois, então, ela vai soltá-lo.

– Jenn! Pelo amor de Deus, abra a porta!

Ela leva um susto, deixa cair o sabonete. A voz soa outra vez.

– O que aconteceu?

Ela pode ouvir na sua voz aquele tom de uma criança que foi apanhada comendo biscoito antes do jantar.

– Você trancou a porta – ele diz. Não é uma pergunta, é uma afirmação. Ele sacode a maçaneta para provar.

– Puxa vida, Greg, use o outro banheiro.

Ela não está mais assustada, está indignada. Zangada.

– Eu preciso falar com você.

A sensação de calor sobe de suas coxas para o seu estômago e continua a pulsar quando ela sai do banho e vai até a porta, com o cabelo pingando pelo chão.

Ela faz uma pausa antes de abrir a porta. Sente-se exposta; desmascarada. É óbvio o que ela estava fazendo; em que estava pensando. Ela recua ao pensar no rubor em seu rosto.

Pega uma toalha, enxuga entre as pernas e se enrola nela. A veia do pescoço pulsa quando ela abre a porta e pensa: *Então ele contou a ela?* Será que Nathan contou a Emma? Mesmo que não tenha contado, como vai ser de agora em diante? Cada voz elevada, cada pergunta ou silêncio levando à mesma dúvida. Greg entra no banheiro.

– É Emma – ele diz. Ele tenta sorrir; mas sua expressão é de embaraço. – Você pode dar uma ajuda a ela? Ela precisa tomar um banho.

O alívio que sente é logo substituído por irritação. Será que ele nem ao menos suspeita? Será que nem consegue imaginar que um homem belo e jovem possa desejar sua esposa madura? Ela veste um roupão. Ela responde com uma voz seca e rouca.

– Eu também! Será que você e Nathan não podiam ter resolvido isso?

O vento que vem da varanda bate no seu rosto de Judas. Ela leva a mão ao rosto, ainda quente.

Uma centelha de raiva surge em seu rosto.

– Nathan? Você acha que isso é apropriado? Você não se importa que ele veja a nossa filha nua?

Sim. Eu me importo, ela pensa, e é como se um zíper fosse aberto de cima a baixo no seu corpo, deixando seus nervos expostos. Greg se inclina para pegar o sabonete do chão e colocá-lo de volta na saboneteira. Sem olhar para ela, ele tira a cueca e entra no banho.

– Ah, sim! Muito bom... – Ele escorrega na banheira; tira a tampa para soltar um pouco da água. – Eu estava pensando que podíamos ir até Sollér mais tarde, já que não conseguimos ir até lá ontem. O que você acha? Um bom almoço no Gran Hotel? Ele mergulha na espuma e ela o ouve emergir de novo. – O número do telefone está no quadro de cortiça, se você quiser ligar para lá.

Ela o imagina tirando a espuma dos olhos, com um chapéu de espuma na cabeça, parecendo um tanto desapontado e um tanto traído ao ver que o banheiro está vazio.

Ele está ali no corredor, em pé, descalço, num dos bancos estofados de algodão. Ele está na ponta dos pés, a parte de cima do corpo enfiada na pequena janela redonda, tentando alcançar alguma coisa; ela tenta não olhar para as costas morenas quando a camiseta sobe. Ela fixa os olhos na porta do quarto de Emma quando se aproxima do banco. De repente, com um pulo ágil, ele está de novo no chão, perto dela. Suas mãos estão carregando alguma coisa com cuidado.

– Olha.

Ele abre as mãos devagar, como um livro que não quer que você leia. Aninhada na palma da mão dele está uma pequena lagartixa. Ela estica as patas da frente como se estivesse tentando olhar melhor para Jenn.

– Ela gosta de você.

O espaço atrás das pernas da criatura está pulsando loucamente.

— Ela está apavorada – ela diz. Ele fecha a mão e vira de costas, como se a criatura fosse um brinquedo e ela pudesse tirá-lo dele.

— Não, ela apenas percebe o seu medo – ele diz. – Reagindo à tensão que sente em você. Quando você se acalmar, ela vai se acalmar também.

Eles ficam ali parados por alguns segundos, sem entender nada; sem dizer nada. Ela não se mexe quando o dedão dele faz pressão sobre seu pé. Encorajado, ele acaricia o pé dela com o dele. Ela baixa a cabeça para olhar para seu belo pé moreno deslizando sobre o dela.

Ele abaixa o rosto para se aproximar do dela, e ainda segurando a criatura, ele levanta o queixo dela com a ponta do polegar e aproxima seus lábios dos dela. Ela fecha os olhos por um segundo, desejando que aquilo aconteça, antes de se virar abruptamente e virar o pescoço, olhando diretamente para dentro do quarto de Emma. A porta está aberta.

— Não.

Ela torna a virar a cabeça para ele. Os olhos dele buscam os dela.

— Sim – ele diz. – Por favor.

Ela engole em seco.

— Uma vez só – ela murmura. – Depois nós voltamos ao que era – a respiração dela é ofegante. Ela engole com força, tentando controlar a voz. – Está bem? Nós voltamos ao que era antes.

Ele concorda com a cabeça. Ela dá um passo para trás. Ele se agacha e solta a lagartixa na varanda. Ele fica onde está, agachado, olhando para o chão.

Jenn se aproxima dele; para bem perto dele. Ela solta o cinto e abre o roupão. Ele levanta o queixo, encosta a cabeça na coxa dela. Ela ainda está inchada e ele encontra o lugar com facilidade. Suas coxas estão tremendo, e ele agarra suas nádegas para firmá-la. A língua dele é precisa.

Ela ouve Greg cantarolando do outro lado da parede, a tampa sendo tirada da banheira e, um pouco atrás dela, os ruídos de frustração da filha.

Ela balança junto com ele, gemendo. Flutuando. Seu corpo todo suspenso, mas firmemente ancorado em sua boca. Um fio tênue, titilante. E suas pernas ficam bambas enquanto ela se torna aquele fio. Ela sente o gozo se aproximar, um leve zumbido como os trilhos do trem antes de o trem se aproximar, se intensificar; e ela sente o gosto de metal dos trilhos na boca enquanto a língua dele a conduz ao limiar.

Ele para, e é tão súbito, tão cruel, que ela quase grita. Ele fica em pé. Eles estão quase colados um no outro enquanto ela fica ali parada, ofegante, as pernas abertas. Ela tenta encontrar os olhos dele, implorando para ele terminar, mas ele não olha para ela. Não existe nenhuma aparência de dignidade agora – ela não liga para o que ele possa pensar. Ela só quer satisfazer aquele desejo louco.

– Você quer que eu implore? É isso que você quer?

Ele sacode a cabeça, prende carinhosamente uma mecha de cabelo atrás da orelha dela. Ele põe a mão entre as pernas dela, segurando-a, impedindo-a de desmoronar ali na frente dele. Ela geme alto e faz força contra a mão dele, mas ele tira a mão. Ele abaixa o short.

– Olha.

Ela fecha os olhos. Sacode a cabeça.

– Não podemos – ela diz. Ele a beija; enfiando a língua em sua boca. Ele se afasta de novo.

– Olha para mim – ele diz.

Ela o encara. Estende a mão e acaricia o saco dele. Nathan fecha os olhos e morde o lábio. E então ele a penetra com violência, com força e rapidez, como a vida um dia fizera.

Ela está se preparando para algum tipo de censura quando dá um nó no cinto do roupão e bate na porta de Emma; mas no silêncio que se segue, Jenn não está mais certa. O pulso dela acelera. Ela se sente ameaçada pelo destino.

Emma os viu. Ela se afogou.

A voz que a manda entrar é tímida e confiante, e Jenn se demora do lado de fora do quarto da suíte, querendo primeiro se acalmar. Do outro lado da parede, ela pode ouvir o barulho da cadeira de Greg sendo arrastada quando torna a se sentar à escrivaninha; e do quarto de Nathan vem o som de música: uma melodia oriental tocada com bateria eletrônica. A casa retoma seu ritmo normal. Ela abre a porta.

Emma está sentada na banheira, com a perna engessada apoiada na beirada. A água já saiu quase toda.

– Eu consegui me lavar – ela diz. – Só preciso de ajuda para sair.

Ela fica acanhada da sua nudez, os braços cruzados na altura dos seios como um par de asas de morcego e, não pela primeira vez, Jenn se espanta ao perceber o quanto e quão rápido a relação delas mudou. Não faz tanto tempo assim que Emma entrava no banheiro deles, geralmente sem bater, e tomava uma chuveirada enquanto Jenn estava na banheira. Às vezes ela entrava só para conversar. Ela se sentava no vaso com os joelhos encostados no queixo, ou então na beirada da banheira, com os pés dentro d'água.

Ela deveria estar mais bem preparada. As amigas de Jenn nunca se cansavam de falar sobre a temida fase da adolescência, elas brincavam dizendo que a adolescência transformava seus filhos adoráveis em verdadeiros monstros; mas, quando isso aconteceu com Emma, ela resistiu. Jenn nunca pode ter para com ela o mesmo grau de compreensão e indulgência que as amigas tinham para com seus filhos adolescentes. Elas pareciam deliciar-se com aquilo, sempre tentando superar umas às outras a respeito do filho de quem cometeu o crime mais desprezível, e elas contavam suas histórias achando uma certa graça, até com uma pontinha de orgulho. Jenn não entendia. Não havia nada de interessante nas mudanças de humor de Emma, nenhuma graça na maneira como ela se dirigia a ela atualmente. Era triste e doloroso. Depois de tudo o que Jenn tinha feito; de tudo o que Jenn tinha aberto mão. Parecia uma traição.

– Então como vamos fazer isso? Vamos ver... – Jenn faz um esforço consciente de afastar os olhos do corpo de Emma quando se inclina e passa um braço por baixo das axilas dela. – Coloque sua mão direita em volta do meu pescoço. – Ela dobra os joelhos e coloca o peso dela nos quadris, como a ensinara, antes de os guinchos se tornarem obrigatórios. Mas Jenn está sem prática: já faz muito tempo que ela levantou um paciente manualmente, e ela não a consegue erguer naquele ângulo difícil. Ela torna a colocar Emma na banheira. Os seios de Emma ficam expostos por um momento. Sua forma adulta, contrastada com a timidez infantil de Emma, quase leva Jenn às lágrimas.

Ela desvia os olhos e torna a tentar. – Ui! Ui! – e não consegue. – Desculpe, Em. Estou um pouco sem prática.

– Bem, lembre-me de ficar longe de qualquer casa de repouso sob sua responsabilidade quando eu for uma velha decrépita.

Jenn ergue o corpo e ri. Ela põe as mãos nas costas e faz pressão com os polegares. Por alguns segundos, o que aconteceu lá fora no hall – não aconteceu. Ela está aqui, mergulhada no momento, desfrutando deste raro episódio de companheirismo com a filha.

Emma estende a mão, já impaciente.

– Vamos com isso. Não tem ninguém da área de Saúde e Segurança olhando. Puxe-me simplesmente para fora.

Jenn concorda com a cabeça. Ela se dá conta da sua respiração ofegante, do nó de vergonha que tem na garganta quando segura as mãos da filha e a iça para fora da banheira.

Ela se senta na cama e enxuga o cabelo de Emma. Passa protetor solar em seus ombros. Ela nota um sinal, do tamanho de uma cabeça de alfinete, atrás do pescoço dela. Ela não consegue deixar de pensar: será que ele sabe da existência deste sinal? Será que ele o beija? Onde mais ele a beija? Ela não quer pensar nisso. Do outro lado do corredor, ele aumenta o volume da música. Greg bate com a porta do quarto deles. Os olhos de Jenn voltam para o sinal. Para o hall. Aquilo aconteceu. Você fez aquilo. Não há como voltar atrás. O cérebro dela está fervendo. Ela não consegue se acalmar. Ela precisa sair. Ela ajuda Emma a vestir o short e pede licença.

Ela se deita na espreguiçadeira. Pode ouvir risos vindo da *cala*. O barulho incessante das sandálias de borracha a caminho da praia. A lagartixa está no pátio; ela fica imóvel e olha para ela com seus olhinhos saltados. O que foi? Você não viu nada. Ela passa correndo e desaparece no mato. Lá em cima, Greg está fechando as venezianas. A música parou. Sob a luz do sol, nada disso parece real.

14

– Eu nunca vi mesmo o sentido de um passeio guiado – Greg diz, apontando para um ônibus cheio de turistas fazendo a curva acentuada bem devagar. – Eu acho que você só conhece mesmo um lugar quando o descobre sozinho.

Faz dez minutos que eles saíram para Sóller, e o ar-condicionado do carro ainda não fez nenhum efeito. O ar é denso e sufocante, mas Greg continua a insistir que o ar vai começar a funcionar a qualquer minuto; ele pediu para eles não abrirem o vidro.

Jenn abaixa o rosto na frente das saídas de ar. Uma brisa morna bate em seu queixo. Irritada, ela abaixa o vidro da janela. Greg resmunga – Muito obrigado. Ela finge não ouvir. O ar fresco batendo em seu rosto é maravilhoso. Ela estende o braço para fora, sentindo as copas dos pinheiros e o mar com as pontas dos dedos. Consegue sentir o gosto do oceano. Greg desiste e abre o vidro dele também. Ela inclina a cabeça para fora e fita o mar. A estrada sinuosa desce pela montanha.

Eles ouvem o barulho do acelerador antes de fazer a curva pronunciada, e quase batem na traseira do carro: uma caminhonete Citroën branca, atravessada no meio da estrada. O motorista está tentando fazer o motor pegar no meio da ladeira. Caixas e malas foram empilhadas de qualquer jeito no teto do carro. Uma garota magra de short jeans está de costas para eles, orientando o motorista que olha pelo espelho lateral. Greg para atrás da caminhonete. Ele estala a língua, dá uma palmada na coxa. Jenn compartilha sua frustração. O calhambeque está caindo aos pedaços – o para-choque traseiro está arriado de um lado, e o cano de descarga chacoalha e solta uma fumaça preta no ar da montanha. Do outro lado da caminhonete, vindo na direção oposta, uma fila de carros e ônibus está começando a se formar e isto, por sua vez, está deixando o motorista ainda mais apavorado. Ele torna a acelerar, avançando alguns centímetros antes de puxar o freio de mão quando o carro começa a escorregar para trás de novo. A garota bate com força na porta da caminhonete, mandando o motorista frear. Ela vai para a frente da caminhonete, sacudindo a cabeça. O motorista torna a acelerar. O calhambeque pula para a frente; torna a escorregar para trás.

– Eles estão drogados ou algo assim? – Jenn diz. A voz dela é cuidadosamente neutra, livre de preconceitos.

Gregory bufa.

– Não, são só uns imbecis. – Ele estende o braço na frente dela e aponta impacientemente para a garrafa de água. Ela passa a garrafa de plástico para ele, já morna, e ele bebe o restinho de um gole só. Ele estende a garrafa para Jenn colocá-la de volta. Ela continua com a mão nas pernas, obrigando-o a enfiar a garrafa vazia no compartimento da porta.

— E agora? — ela suspira. — Podemos fazer a volta e ir por outro caminho?

— Jenn. Sóller é bem *ali* — ele geme, apontando para o outro lado da baía.

Ela faz um gesto de desânimo e olha pela janela. Greg passa o dedo pelo braço dela e sorri. Ele torna a apontar para a cidade cor de mel no fundo do vale. — *Diez minutos*, depois que esse babaca sair da frente.

A caminhonete pula para a frente, depois escorrega para trás. Para a frente e para trás — assim vai ela. Greg desliga o motor, enfia a cabeça para fora da janela com os olhos fechados na direção do sol.

— Talvez seja melhor ligar para o restaurante, Jenn. Dizer a eles que vamos chegar mais tarde.

— Eu não fiz reserva — ela murmura.

Ainda com a cabeça para fora da janela, ele resmunga na direção da encosta do penhasco.

— Acho que vamos comer na praça, então.

— Fala sério, Greg! Quando foi que durante todo o tempo em que temos vindo para cá nós precisamos fazer reserva para o almoço? Mesmo no festejado Residence — e ela acentua "festejado". — Nós entramos direto lá no ano passado e pegamos um lugar ótimo.

Ele estende a mão, encontra o joelho dela e lhe dá um tapinha carinhoso. Um tapinha que tem um quê de frustração. Como ele costumava fazer com Emma quando ela era mais moça; quando ele tinha que explicar alguma coisa a respeito do mundo que ela já deveria saber.

– Meu bem – ele inclina a cabeça, meio virado para ela –, quando foi que estivemos aqui na alta estação?

Ele tem razão, é claro. Até este ano, eles sempre evitaram multidões. Início de junho ou meados de setembro eram os períodos favoritos, mas eles já tinham ido lá também no inverno e adoraram. Mas, este ano, os exames de Emma tinham atrapalhado. Julho, as excursões de ônibus, o calor horrível – tudo isso era novidade para eles. Ela escorrega no assento, sentindo pena de si mesma, e se arrependendo amargamente de ter dado aquela resposta a ele. A voz que vem do banco de trás os pega de surpresa.

– Um dos raros privilégios de uma escola particular, eu acho.

Greg vira o corpo para trás para olhar para o inesperado antagonista. Seu lábio superior, coberto de gotas de suor, está tremendo ligeiramente.

– Privilégios? Como assim? – ele diz.

– Licença para carregar os filhos sempre que quiser. – A voz de Nathan é calma, razoável.

Jenn vira a cabeça na direção do mar azul, desejando estar na plataforma de pedra e mergulhar no mar. Ela concorda com Nathan sobre a questão da escola, é claro – mas não pode dizer isso. Foi Jenn quem arcou com a diferença de preço da alta estação – quase mil euros a mais só de passagem de avião. Foi Jenn quem desistiu de criticar e discutir as decisões paternas de Greg; decisões sobre as quais ela era raramente consultada. Ela é a filhinha dele, afinal. Foi ela quem perdeu a mãe, não importa o título que Jenn dê a si mesma; não importa o que ela faça por Emma.

Ela sente a irritação de Greg, vê que ele está louco para responder – mas qualquer tipo de contestação seria grosseiro. Infantil. Greg não pode fazer nada a não ser calar a boca, observar a caminhonete e ferver de raiva. O motorista torna a engrenar ruidosamente, acelerando, pulando para a frente e escorregando para trás. Para a frente e para trás. As rodas giram loucamente e a caminhonete treme toda. Por um momento, parece que os pneus conseguiram se agarrar na superfície arenosa, mas então o motor morre e desta vez a caminhonete de fato desliza para trás na direção deles.

Greg ainda está furioso e é lento na reação. Jenn enfia a mão na buzina. A caminhonete continua escorregando para trás. Ela percebe antes dele o que vai acontecer: se a caminhonete ganhar velocidade, ela os jogará no despenhadeiro.

Greg liga o motor, olhando ansiosamente para trás para avaliar suas opções. Para-choque com para-choque de ré até a curva: – Droga! Droga! – Ele aperta o acelerador, engata a marcha, anda alguns metros para a frente e tenta sair da borda do penhasco – mas não há mais do que alguns centímetros de margem de manobra, e ele vê que estão encurralados. Ele vira a direção e tenta ir para trás, mas acaba desistindo. Grita o nome dela e se abaixa sob o painel. E o momento não dura mais do que o espaço entre duas piscadelas, mas é suficiente.

Jenn ouve o estrondo da espingarda de um caçador do outro lado da montanha. Ela abre os olhos. Ele ainda está ali. Ao desviar deles, o motorista jogou a caminhonete para cima dos arbustos, alguns metros abaixo da curva do outro lado da estrada. Motoristas impacientes já estão passando, gesticulando na direção do motorista, tocando a buzina. Jenn se vira e vê Nathan abraçando Emma. Ele lança um olhar culpado para ela – *o que mais eu podia fazer?* Jenn fica arrasada. Desolada. Mas sente a importância do momento. Foi estabelecido um limite ali; naquele momento. De agora em diante as coisas vão ser diferentes. Esta noite ela vai esclarecer tudo com Nathan. Amanhã ele vai dizer a Emma que a entrevista com Nigel Godrich foi adiantada – e ele vai ter que partir.

15

Ela examina a praça, olhando para cada um dos cafés ao ar livre. Não há uma única mesa vazia à vista. Uma procissão de clientes esperançosos patrulha a praça, fingindo naturalidade, mas prontos para atacar assim que ouvirem a expressão *la cuenta!*. Greg e Emma estão sentados nos degraus da igreja; Nathan está lendo uma placa. De algum modo, a tarefa de conseguir uma mesa ficou com Jenn, mas está quente demais e a praça está apinhada de gente. Ela se abriga por um momento sob uma laranjeira, prende o cabelo para trás, demorando-se nisso para deixar que a brisa fraca refresque suas axilas. Ela sente o próprio cheiro – o odor metálico do pânico. Pega o desodorante, aplica-o em si mesma, e torna a baixar os braços. Bem em frente a ela, duas famílias começam a disputar uma mesa que está vagando. Ela se dirige para a multidão de corpos que formou uma fila do lado de fora de um dos cafés maiores, muda de ideia e vai até a fonte. Greg pode ver perfeitamente como está a situação ali. Se quiser tanto assim uma mesa com vista, ele que procure. Como ele consegue pensar nisso? Como consegue passar por uma experiência de quase morte e pensar em almoço?

E o que havia de errado com a sugestão dela? Um *bocadillo* no café ao lado da estação de bonde pode não ser tão chique quanto na praça principal, mas aquele café tem algo de diferente e pitoresco. Ele é real. Velhos sentados do lado de fora fumando o dia todo, e até o cheiro de fumo é real; como a marca que seu pai fumava, Condor Ready Rubbed.

Ela se senta no muro largo de pedra que cerca a fonte. Não há muito que possa fazer para evitar o calor do sol, mas os respingos de água molham seu vestido, e ela pode sentir o frescor da pedra nas coxas; e a sensação é boa. Ela vira o corpo e molha os pulsos. Pode ouvir a voz de Greg; autoritária, entretanto estranhamente carente. Ela levanta os olhos e examina a praça. Localiza-os do outro lado da praça, ao lado de um dos cafés caros com um toldo vermelho. Greg está indo na direção de uma mesa, falando no celular enquanto mostra as muletas de Emma para o maître, que aponta para a fila que aguarda pacientemente por uma mesa. Greg afasta o celular por um momento e, aparentemente, repreende o responsável pelo restaurante. Ele está balançando a cabeça, puxando a filha envergonhada para junto dele, como que para dizer: *Tenha paciência! Não está vendo que minha filha está aleijada!* Nathan está parado mais atrás, desculpando-se com um sorriso sem graça para as pessoas que estão na fila. O maître acaba cedendo a contragosto e os leva até uma mesa que acabou de ser desocupada por um casal de idosos. Greg acena de leve com a cabeça e puxa uma cadeira para Emma. Ela se atira na cadeira, mancando, dramática.

O velho casal se afasta sacudindo a cabeça. Gregory volta a falar no celular, ora passando a mão no cabelo, ora gesticulando. Ele desliga, olha para o telefone por alguns instantes, depois chama o garçom com um gesto largo. Vira-se e examina a praça. Olha diretamente para Jenn por um momento – mas não a vê. Só agora Nathan se junta a eles.

⌒

Jenn desce do parapeito de pedra e vai para trás da laranjeira para observá-los. Ele e Emma parecem à vontade na companhia um do outro, como se já estivessem juntos há mais de quatro meses. Para eles, entretanto, pelas regras do amor adolescente, quatro meses é uma eternidade. Ela pensa no seu primeiro amor; como cada mês de namoro era comemorado como se fosse um ano. Parecia que ia durar para sempre. Estão colocando água na mesa. Nathan serve. Primeiro ele cuida de Emma, depois serve um copo para Greg. Greg não presta atenção. Ele não se mexe. Então, como que saindo de um devaneio, levanta-se e sai andando, levantando um dedo para indicar que não vai demorar.

O olhar de Nathan o segue um tanto furtivamente, Jenn pensa – e então ela vê por quê. Nathan encosta a boca no ombro de Emma e desliza o lábio pelo braço dela. Ele abaixa a alça do vestido dela e lambe seu ombro. Emma dá um tapa nele de brincadeira e olha por cima do ombro na direção do pai. Nathan enfia a mão no copo d'água e tira um cubo de gelo. Ele o passa pelo braço de Emma, sem desviar os olhos dos dela. Põe o cubo de gelo na boca e o chupa por um tempo, depois se vira para ela e transfere o gelo para ela com um beijo.

Jenn vira o rosto. Ela descansa todo o peso do corpo no tronco da laranjeira. Fecha os olhos e sente o golpe.

O vento balança as folhas da laranjeira, e, mais adiante, o velho bonde de madeira está subindo a ladeira, vindo do pequeno porto. Na semana anterior, ela e Greg estavam no cais, comprando peixe e lula frescos. Jenn não é essa mulher. Ela não é assim.

Por um momento, ela vê a si mesma na porta de um pub com a chuva caindo, e o som de risadas vindo do salão enfumaçado. Ela escuta o ronco do motor dos ônibus do outro lado da casa. Está ajoelhada no tapete vermelho da sua velha sala, perto do aquecedor; o pai está secando seu cabelo com uma toalha. Ele está falando sobre os caras ordinários que ela deve evitar. Rapazes bonitos com lábios grandes e sem alma. Os rapazes de bandas que raramente tocam; os poetas que nunca escrevem; os sonhadores desempregados. Chega desse tipo de homem agora, Jennifer, seu pai está dizendo para ela. Ela tem 29 anos. Ela olha para ele. Concorda com a cabeça, e desta vez está sendo sincera. Desta vez ela ouve.

Ela abre os olhos. Greg está de volta à mesa; ele a viu – ou acha que viu –, está pondo os óculos e olhando na direção dela, apontando-a para Emma; e, antes que Emma possa confirmar ou fazer um sinal para ela, Jenn torna a se esconder atrás da laranjeira. Ela fica quieta, esperando; há uma visita guiada indo na direção da igreja, e, sem hesitação, Jenn se insinua no meio de duas dúzias de velhos. Ela caminha um pouco junto com eles e o guia de turismo, entediado e suado, chama a atenção deles para o trem a vapor Palma-Sóller, que está descendo a montanha. Os turistas param e apontam suas câmeras, fotografando insensatamente no sol de meio-dia. Jenn se dirige para a lateral do grupo e então dá o fora. Ela está do outro lado da praça agora e não consegue mais ver Greg; nem Emma; nem ele.

Ela anda de cabeça baixa e braços cruzados no peito. Quer se afastar o máximo possível da praça, na direção dos becos que ficam atrás da cidade. Corta caminho pelos degraus largos da igreja. Suas enormes portas de madeira estão abertas. Uma música de órgão paira no ar. Ela podia sentar num banco e deixar que o sol que entra pelos vitrais banhe o seu rosto. Podia acender uma vela, recitar uma prece. Seus passos ecoam no chão da igreja. Nervosa, ela continua andando; atravessa a igreja.

⌒

A igreja agora está atrás dela; ela está perdida em sua sombra, fora da vista. Livre. Vira à esquerda numa das ruazinhas estreitas e o barulho de vozes da praça desaparece. Ali nos becos está mais fresco, o ritmo é lento. Casais de meia-idade passeiam de braços dados, demorando-se nas vitrines das lojinhas. Jenn traça um lento e sonolento zigue-zague atrás deles, indo de vitrine em vitrine. Uma das lojas parece vender apenas pimenta. Elas estão penduradas em pencas do alto da vitrine, de todos os tons e texturas, algumas brilhantes e maduras, outras murchas. Ao lado dela, uma loja especializada em tapetes: pele de cabra e de coelho, e um tão grosso que deve ser de pele de urso. Existem ursos na Tramuntana? Há uma loja de queijos artesanais; ao lado dela, uma joalheria especializada em pulseiras e correntes. Ela para e se inclina para examinar as cestas verdes cheias de artefatos brilhantes e rústico-chiques. E Jenn percebe subitamente que não está livre, afinal de contas. Longe disso. Mesmo agora, ela pode sentir a mãozinha no seu pulso, chamando-a, a menina com um espaço entre os dentes da frente.

Ela ia comprar algo de especial para ela, algo simbólico para marcar os anos que eles passavam ali, nos bons tempos. Ela pega uma pulseira; de cobre com pedras amarelas. Lança um olhar ladino para a porta aberta. A bonita vendedora conversa efusivamente com um casal. Ela enfia a pulseira na bolsa e caminha rapidamente para o final da rua. Vira à direita, volta para a luz do sol.

Ela vira numa rua residencial. Uma calha seca corre ao longo da rua. As venezianas verdes de madeira estão fechadas nas casas estreitas. Duas mulheres estão sentadas em cadeiras de plástico do lado de fora de suas portas. Elas não têm idade definida. Os olhos delas brilham. Elas usam o mesmo tipo de penteado, o mesmo vestido disforme. Podem ter 40 e muitos anos; mas podem ter mais de 70. Conversam animadamente, balançando os braços gordos. Parecem felizes com sua pele e sua idade. Dois gatos magros passeiam por entre suas pernas, os rabos bem levantados. As velhas param de falar e olham para ela quando passa. Seus rostos castigados pelo sol não retribuem o rápido sorriso que ela dá. Elas ficam em silêncio até Jenn estar bem mais adiante, e então voltam a conversar.

Ela agora está numa rua estreita, não mais do que um beco fétido. Laranjas podres e dentes de alho murchos espalham-se pelo chão. Seus passos ecoam e, atrás dela, vêm outros passos, mais altos. De repente ela sente o deslocamento de ar de alguém às suas costas. Ela segura a bolsa com força e aperta os cotovelos contra as costelas. Uma mão agarra seu ombro e a puxa para trás. É ele; ele. Ele abaixa a mão e entrelaça os dedos nos dela. Ela aperta a mão dele, tempo suficiente para sentir a sensação maravilhosa que percorre seu corpo, depois desvencilha-se dele e aperta o passo.

Ela tenta acelerar e deixá-lo para trás, mas ele a alcança e a ultrapassa. Ele dá meia-volta e anda na direção dela, encarando-a. As pupilas dele são pretas e grandes; sua pele brilha de suor. Ele tenta segurar a mão dela de novo. Ela põe as duas mãos no peito dele e o empurra com força. Ele faz uma pausa, como se decidindo se deveria deixá-la em paz, e ela se afasta dele. Ela o ouve correndo para alcançá-la, e seu coração se alegra, aliviado.

Ela agora está andando do lado dele, as mãos caídas do lado do corpo. Tenta controlar a respiração, buscando demonstrar uma autoridade serena.

– Você está trepando com ela.

Ele não diz nada. E então:

– Você está me informando ou me perguntando?

Ela fica chocada e zangada; zangada por ele não ter negado. Ele põe a mão no estômago e olha para a extensão da rua. Um banco de velhas mais adiante, todas arrumadas. Estão indo para algum lugar. Ela se volta para ele.

– Eu estou perguntando.

Ele abaixa a cabeça, seu sorriso expondo a covinha no rosto. Sacode a cabeça, ainda sorrindo, e olha bem nos olhos dela.

– Bem, deixe-me perguntar uma coisa. Você está trepando com o velho?

A reação é rápida e firme. Ela lhe dá uma bofetada. A covinha desaparece. Ele olha espantado para ela. Põe a mão no rosto. Duas mulheres idosas vêm na direção deles, rindo entre si. Ele se aproxima dela. Ela não resiste. Ela pode sentir o gosto de sal através da camiseta dele quando aperta o rosto contra seu peito. Ela enrosca a perna na coxa dele, pressionando-a entre as pernas, e empurra o corpo para a frente, de modo a sentir o pinto dele contra o corpo. Ele levanta o cabelo dela e o segura com força enquanto lambe seu pescoço.

– Eu preciso estar com você, direito – ele diz.

Logo ali. O café ao lado da estação do bonde. O toalete unissex no fundo da escada em espiral. Uma garçonete com um nariz que é um prolongamento da testa e uma maquiagem pesada passa por eles na escada. O desejo deve estar estampado no rosto deles. A garçonete lança um olhar para eles, seus brincos de argola balançando quando ela sacode a cabeça. Jenn olha brevemente para ela, abaixa a cabeça e entra no cubículo atrás dele. Nathan fecha e tranca a porta. O vaso está cheio de papel higiênico; ela pensa, não, não, aqui não – mas então Nathan a está virando de frente para o espelho de parede. Ele fica atrás dela, abaixa sua blusa e seu sutiã, lambe e beija seus ombros. Ela se contorce. Ele chega para trás. Pelo espelho, ele a obriga a olhar para si mesma. A respiração deles turva o espelho. Ele se inclina sobre ela, seu pau espetando os quadris dela, dentro da calça jeans. Ele lambe o espelho para limpar o vapor e a encara. Ela não aguenta mais, se vira e agarra o cinto dele. Ele torna a virá-la. Põe as mãos dela no espelho e empurra seu rosto contra o vidro frio. Com uma das mãos, ele enrola o cabelo dela ao redor dos dedos. Com a outra, põe o pau para fora; puxa a calcinha dela para o lado, enfia o pau em sua boceta e empurra uma, duas vezes; depois o tira e tenta colocá-lo em seu cu.

– Aí não – ela diz e o guia de volta para a frente. É urgente e profundo e acaba em segundos. Ela tenta segurá-lo; contrai os músculos para ele não poder sair de dentro dela; e quando ele sai, uma parte dela sai junto com ele.

16

Da porta, ela o observa trabalhando. O que quer que ele esteja escrevendo, é importante para ele: está jorrando dele com violência. E, no entanto, observando-o agora sob a luz forte da luminária, o corpo dele nunca pareceu tão arriado, tão cansado. A pele do seu peito pendurada quando ele se inclina sobre o caderno. Sua pele parece gasta; em breve estará igual aos velhos dos becos. A pele irá pender do corpo como um pijama velho. A história deles está inscrita em todas aquelas rugas e marcas; em suas mãos envelhecidas. Não é uma história de amor extraordinária, a deles; não é marcada por dramas nem tragédias, mas por amizade. Confiança. Dependência mútua. Ela o vê escrever e sente um nó na garganta.

Ela relembra o trecho que ele leu para ela no dia do casamento. Era tirado de um poema de D. H. Lawrence.

"E quando, no meio do caos do amor
uma pedra preciosa se forma lentamente, nas velhas
   rochas, de novo fundidas,
de dois corações humanos, duas velhas rochas,

o coração de um homem e o de uma mulher,
esse é o cristal da paz, a pedra preciosa da confiança,
a safira da fidelidade.

A gema da paz mútua emergindo do caos do amor."

Ela irá sempre se lembrar disso, palavra por palavra – não importa o que aconteça. Ela e Greg não estavam juntos por tempo suficiente para que aquelas palavras tivessem tanta ressonância, mas aquele trecho significou tudo para ela. Pareceu perfeito.

Ela era assistente de serviços de saúde em Summerfields, quando eles se conheceram. Greg era uma figura trágica, heroica. Perdera a esposa no ano anterior, pouco depois de ela ter dado à luz a filha deles, Emma. Greg e a garotinha costumavam ir até lá todo sábado, com assiduidade, para visitar a sogra dele. Ele nunca perdeu uma visita – não que a velha Irene fosse notar. Ele recitava poemas para os pacientes na sala comunitária; Keats ou Shelley, como ela soube mais tarde. Ela pensava que fossem palavras dele, poemas escritos por ele. Ele recitava os versos com sentimento; como se aqueles pensamentos e palavras só pudessem ter saído dele. O modo como os olhos dele brilhavam quando disse a ela por que amava tanto a poesia – porque você podia se apossar dela. Ela se tornava parte de você.

As senhoras idosas da casa de repouso adoravam Greg. As colegas de trabalho dela também o amavam. Ele era bonito, no estilo dele – Clark Gable de barba. Não era o tipo dela; grande demais, viril demais. Mas ele irradiava uma *bondade* que ela achava atraente. Era simpático. Era constante. E a coisa funcionava – eles se davam bem. Muito bem. Emma se apegou a Jenn, e Jenn correspondeu. Ela adorou a sensação de ser necessária. Adorava ficar abraçada com Greg depois que Emma adormecia, descansar a cabeça no peito dele.

Ele larga a caneta e se recosta na cadeira. Parece satisfeito com o que escreveu.

Ela fecha os punhos e sai devagarinho do quarto para o corredor, antes que ele a veja. Ela sai da casa, vai para longe, onde não possam ouvi-la. A força dos seus soluços a faz sentar no meio das carcaças podres dos limões; pústulas verdes soltando uma casca amarelo-amarronzada.

17

– Eu não confio nele – ela diz enquanto gira o volante para a esquerda e entra na estrada. É de tardinha. Passaram-se uma noite e um dia desde o incidente com a caminhonete na curva do penhasco, mas, de algum modo, parece que faz muito mais tempo. Parece que Nathan está ali desde sempre e, no entanto, quando ele não está com ela, quando está com Emma, o tempo se arrasta. Ela sente cada segundo da ausência dele. Os fazendeiros estão arando a terra. Uma fila de cabras desce a encosta rochosa, ao som de suas sinetas. A luminosidade é suave e a paisagem bucólica.

– Quem? Nathan?

– Nathan.

Greg a fita por um momento, estudando o lado do seu rosto, depois torna a virar a cabeça, contemplando o mar lá embaixo. – Por quê? O que aconteceu? – ele pergunta com uma ponta de desconfiança na voz.

– Não *aconteceu* nada. É só um palpite meu. – Ela mantém os olhos na estrada. Um coelho aparece, olha diretamente para eles, depois salta para fora da estrada. – Eu só acho que precisamos ser cuidadosos.

– Cuidadosos? Cuidadosos como?

Ela põe a mão livre no colo dele, num gesto tranquilizador.

– Olha. Não é nada, está bem? Nada mesmo...
– Não pode ser *nada*.
– É só... não sei. O modo como ele olha para as garotas. Sabe como é?

Greg está inclinado para a frente no assento, com as mãos nos joelhos.

A mão livre dela está de volta no volante.

– Por quê? Ela disse alguma coisa?
– Quem, Emma? *Não!*

Greg se encosta de novo no banco, começa a tamborilar nas coxas. Está prestes a dizer alguma coisa – e então hesita, reflete um pouco. Ela reduz e diminui a velocidade quando eles se aproximam da primeira curva fechada.

– Porque eu olhei aquele tal blog dele – Greg diz.
– E aí?

Ele não responde logo. Ela sente um aperto no peito. O que foi que ele viu? O que foi que Nathan escreveu? Algo sobre *eles*?

– E adivinha só? – Ele faz uma pausa para causar efeito e diz com ironia: – *Site em construção*.

Jenn relaxa. Eles entram na estrada de terra que vai dar na cidade.

Ele solta o cinto de segurança e vira o corpo todo para ela.

– E então? – ele diz.

– O quê?

– Bem, o que você acha disso? – Jenn abaixa o queixo, indicando que não está entendendo. – Você acha que o pessoal da Godrich iria aprovar uma entrevista com um garoto que nem tem um website? – Antes que ela possa responder, ele acrescenta – Então eu perguntei a Emma.

Jenn balança a cabeça.

– ... Eu perguntei a ela se ele ia voltar mais cedo para casa, para a *grande* entrevista. Ela não faz ideia. É claro que ela se apressou em encobri-lo, mas sua primeira reação foi de surpresa. E o engraçado é que eu sabia disso. Eu soube na mesma hora que ele estava contando uma mentira para você. – Ele aponta o dedo para ela, triunfante.

Diga-me, Greg, *como* você soube? Ela tem vontade de gritar. Ela mantém uma voz calma e confiante.

– Possivelmente. Embora talvez ele não quisesse dizer nada antes que fosse confirmado.

E como se isso fosse um jogo de xadrez, ele reflete cuidadosamente antes de fazer sua próxima jogada. Ele vira o pescoço e fita a cidade onde os jovens namorados estão jantando.

– Você não acha um tanto estranho que ele tenha contado para você e não para Emma? – Os olhos dele a examinam de novo.

Ela levanta os ombros, num gesto indiferente, mas seu pescoço está começando a arder. Ela se arrepende de ter puxado aquela conversa. Seu motivo era simples: lançar uma dúvida sobre a integridade de Nathan, caso ele a expusesse. Ela vê agora que não havia necessidade disso. Greg já o considera um narrador pouco confiável – mas agora seu sexto sentido farejou algo mais. Ela tenta cortar o mal pela raiz. Torna a encolher os ombros e faz uma cara insondável.

– Ora, Greg, não está na cara?

– O quê? – Ele levanta as sobrancelhas.

– Ele me contou porque sabia que eu contaria a você. Estou começando a achar um tanto embaraçoso que ele esteja tão desesperado em conquistar o seu respeito. De uma coisa você pode ter certeza: o rapaz venera você.

Greg dá uma risadinha incrédula. Mas Jenn conhece bem o marido: uma parte dele quer acreditar nisso; uma parte dele se sente envaidecida.

Jenn desliga o motor. Ela se vira para ele e segura o rosto dele.

– Eu sabia que não devia ter dito nada. Não há nada de sinistro nele, na verdade. É só que... vamos prestar atenção, está bem? Só por segurança...

Ela o beija com força na boca, e põe um ponto final no assunto.

⌒

Eles saem do carro e começam a tirar as compras do porta-malas. Jenn corre na frente para abrir as pesadas portas de madeira. Greg tira as sacolas, quatro em cada mão. Ele tira os ovos da caixa e começa a guardá-los na geladeira, um por um, mas com tanta força que Jenn fica com medo de que ele os quebre.

– Fale, Jenn – ele murmura. – Se houver alguma coisa que eu precise saber, por favor me diga.

– Jesus! Ainda estamos falando naquele assunto?

– Bem, há alguma coisa?

– Meu Deus. Não. Nada específico... Quer dizer, você sabe como são os homens. Os joguinhos tolos deles. As mentiras que contam.

Gregory fala devagar, intencionalmente, para dentro da geladeira.

– Mas ele não é um homem, é, Jennifer? Ele é um garoto. E é namorado da nossa filha.

Se ele tivesse se virado, teria visto a expressão de culpa de Jenn. Ele termina de guardar os ovos. Ela faz o possível para colocar no rosto uma expressão que mostre que concorda com ele. Ela sai do campo de visão dele e entra na sala. Ela o ouve suspirar e depois tirar a rolha de uma garrafa. Ela o ouve encher um copo. Ele não serve um para ela.

– Vamos comer massa ou peixe esta noite? – ele pergunta de lá.

Ela espera até estar no meio da escada e depois responde.

– Tanto faz. Você decide. Eu desço logo. Só vou pegar meu inalador.

Ela para no alto da escada. Fecha os olhos e inclina a cabeça para trás por um momento; a sensação toma conta dela de novo, quase tão forte quanto da primeira vez. Assim que se move, o ciúme a atinge por dentro e por fora, agarrando-a pelos pulsos, arrastando-a para o chão. Ela se senta com as costas encostadas na parede. Ele está lá com ela, naquele barzinho no final da rua. Eles estão juntos no pequeno terraço, debaixo das laranjeiras, de mãos dadas como namorados. E estão conversando animadamente. Não – *ele* está falando, e ela está ali sentada, sorridente e muda. Ele não pergunta a opinião dela a respeito de nada, ela já notou isso, basta ela estar ali, com suas pernas longas e seu cabelo queimado de sol; sua pele cor de mel. Mesmo com a perna engessada, ela estava linda esta noite. Greg parecia quase choroso ao se despedir dela. – Lá vai a minha garotinha – ele disse. E agora ela está sentada lá, a garotinha dele também, tomando vinho, olhando dentro dos olhos dele, concordando com tudo o que ele diz e, talvez, quando forem para o ponto de táxi mais tarde, eles entrem num daqueles becos e se beijem e a mão dele suba pela coxa dela. Ela não consegue suportar isto.

A pequena lagartixa está de volta. Ela fica imóvel, olhando-a do outro lado da parede. – O que devo fazer? – ela pergunta ao bicho. Ele olha para ela por um momento, corre para a janela e some. Ela desperta do seu devaneio com a voz de Greg gritando por ela da cozinha.

– Então, o que vamos comer? Quer que eu comece a picar a pimenta e o resto dos temperos?

Comer, comer – ele só pensa nisso. Jenn não responde, não se mexe. Ela o ouve suspirar outra vez, desta vez de impaciência. Ele vai até a sala e se atira no sofá com um barulho alto, como se tivesse simplesmente caído para trás no assento. Ele liga a televisão. Barulho de multidão. Buzinas tocando. Mais vinho sendo derramado no copo.

Ela só quer ficar perto dele, só por um momento. Entra no quarto dele, vê o jeans desbotado pendurado na cadeira e toca de leve na bainha desfiada, com as pontas dos dedos. Pega o iPad dele, querendo ligá-lo, mas ele está bloqueado. Ela imagina, brevemente, por que ele não contou a Emma sobre a entrevista com Godrich. Talvez fosse exatamente como ela disse: não deu certo. Mas ele confiou nela. Ela gostaria de não ter contado para Greg – mas com quem mais ela pode falar a respeito dele? Ela se deita na cama dele; abraça seu travesseiro. O cheiro de roupa de cama usada entra por suas narinas, e ele vem junto. Ela pode sentir o gosto de suor de sua pele. Ela enfia a mão dentro da calcinha. Morde o travesseiro. Se esfrega e sacode até gozar. Ela fica ali deitada, infeliz, suada. Pode ouvir a multidão enlouquecida lá embaixo, tambores soando, mãos batendo palmas ritmadamente. Ela pode ouvir a excitação na voz do comentarista. Greg solta um longo gemido indicando que o time para o qual está torcendo quase marcou.

Dentro de poucas horas ele estará de volta. O coração dela se alegra ao pensar nisso. Amanhã ela vai pensar num plano. Ela não conseguiu estar com ele hoje; Greg insistiu para que fosse com eles até o hospital. Nathan, sem nenhuma desculpa ou explicação, anunciou que ia ficar em casa lendo o seu livro. Ele olhou para ela ao dizer isso, mas não houve como ela se livrar; Greg pediu que ela dirigisse. Embora ele jamais fosse confessar isso, estava abalado com o incidente da véspera com a caminhonete. E, de todo modo, era lá que ela *deveria* estar; no hospital, com sua filha. Não com ele.

Mas amanhã – amanhã eles ficarão juntos. Nathan mencionou que a mãe coleciona ladrilhos pintados à mão, e talvez ela possa fingir que o está levando de carro para aquela loja de cerâmica em Fornalutx. Emma não vai querer ir até lá. Não é um lugar suficientemente charmoso. Eles foram até a cidadezinha no ano passado, bonitinha e com pretensão de ser artística, mas não havia nada de muito interessante para os jovens. Emma não ia querer ir; seriam só Jenn e ele. Ela o levaria até aquele bar na estrada para Lluc. Como ele ia gostar dali – a vista ia deixá-lo maravilhado! O mar reluzente. O desfiladeiro brutal. Eles ficariam de mãos dadas, contemplando aquele precipício incrível, vendo as ondas batendo nas pedras. Qual era mesmo aquela canção da Bjork sobre os penhascos? Não importa – não haveria nenhuma aula de Greg sobre a escala e o ritmo das alterações no litoral ou qualquer outra chatice do tipo; não haveria lamentações de Emma por conta da sua Coca-Cola choca ou porque só ela está sendo alvo dos mosquitos. Seriam só eles dois. E ela podia vê-lo agora, os olhos cheios de lágrimas diante de tanta beleza. Ele enxergaria e sentiria aquela beleza. Ele não precisaria dizer nada, porque ela saberia.

~

Greg grita para ela, tentando soar afável.

– Jenn, vou cozinhar a massa, tudo bem?

Ela não se deixa enganar. Sabe o que ele está querendo dizer. Ela estende uma perna para fora da cama.

– Dois segundos.

O dedão dela prende em alguma coisa quando ela fica em pé, alguma coisa que estava debaixo da cama. Por um segundo a peça de roupa fica pendurada na ponta do seu dedão do pé, mas, quando ela se inclina para pegar, a roupa cai no chão. Ela sente um aperto no peito quando se abaixa para apanhá-la. Seu primeiro pensamento é que a empregada não limpou a casa direito depois que os hóspedes anteriores foram embora; isso não pode ser da filha dela. É uma calcinha de renda preta e tem lacinhos vermelhos na borda. A parte da frente é transparente e está coberta de manchas de sêmen. Ela fica tonta, enjoada. Arrasada.

– Vou fazer linguine, tudo bem? Jenn?

Ela sai do quarto e tenta falar normalmente.

– Ótimo. Você pode ir começando? – Ela sente o tremor na voz quando grita para o marido no andar de baixo. – Eu só quero tomar uma chuveirada.

Ele não responde. Segundos depois, ele começa a abrir e fechar os armários com estrondo; depois ela ouve o barulho de panelas.

Ela se tranca no banheiro, tira a roupa e fica em pé diante do espelho, olhando para si mesma com um ódio que não sentia desde os seus tempos de acne. As marcas de alças nos ombros; seus pelos púbicos desgrenhados; os seios com estrias – cheios mas velhos, inúteis; aquela veia em sua batata da perna, começando a inchar; seus braços robustos, grossos dos anos que passou colocando e tirando gente velha do banho; da cama. Olheiras escuras sob os olhos; rugas em volta deles, como cortes de faca. As pontas do cabelo avermelhadas do cloro da piscina. Uma mulher velha; ela está velha. Um truque tão cruel da natureza, pensa, envelhecer seu corpo mais depressa do que a sua mente. Ela levanta os seios com as duas mãos e encolhe a barriga; vira-se e examina as nádegas, inclinando-se um pouco para esticar as dobras.

Ela dá um passo para trás, pensando na calcinha preta de Emma; em seus resíduos. Fica enojada de novo, e não só por aquela única traição. Jenn vem comprando toda a roupa de baixo de Emma desde que ela entrou no ensino médio. Jenn entendia as manhas e politicagens dos vestiários – ou achava que entendia. Havia sempre optado por cores neutras – branco, cor de pêssego, azul-marinho; normalmente conjuntos de calcinha e sutiã de algodão que indicavam a inocência da dona, e sua concordância em adiar a idade adulta. Então dói saber que Emma, quando teve a chance, zombou deles. Pior ainda, entretanto, é perceber que, direta ou indiretamente, o próprio Nathan escolheu aquelas calcinhas indecentes. Ou ele estava junto quando ela comprou ou disse a ela que gostava do gênero. Será que ficava excitado em vestir suas mulheres como prostitutas? E se for o caso, o que será que ele acha da roupa de baixo de Jenn? Suas calcinhas brancas de algodão e seus sutiãs sem alça? Ela se vira para o espelho e ri da própria burrice. Pelo amor de Deus, Jenn! Um garoto. Um garoto quase homem, belo e sensual. Quem você estava tentando enganar?

⁓

Ela enche a banheira. Pega o aparelho de barbear de Greg e coloca uma gilete nova nele. Fica entristecida ao pensar no quanto ele ficaria zangado se soubesse que ela estava usando uma de suas preciosas giletes. Ela entra na água e, em vez de raspar cuidadosamente a virilha, tira todo o pelo. Não se dá ao trabalho de lavar o aparelho. Apenas o coloca de volta na bolsa de toalete de Greg.

18

A princípio, ela pensa que ele está rindo. Ela levou a panela de linguine com vieiras e voltou para a cozinha para buscar o queijo. Sabia que Greg iria aprovar: o queijo montanhês local que ele mesmo tinha comprado no mercado, raspado com um ralador de maçã, do jeito que ele gosta. Está escurecendo depressa e há um cheiro de madeira queimada vindo da praia. Está começando a ventar. Ela ouve o soluço abafado da risada dele; ou será de choro? Ele está lá em cima? Ela torna a ouvir aquele gemido abafado. Olha pela janela e não vê nada, só a vela na mesa que ele arrumou. Ela já está se virando para a massa, mas avista um movimento ligeiro que chama a sua atenção. Greg está lá fora, caído para a frente na cadeira, o queixo tremendo junto ao peito de tanto soluçar. Ela vai até a porta que dá para o pátio, mas fica na escada, sem saber o que fazer. Os ombros de Greg sobem e descem, enquanto ele tenta controlar o choro. Ele está segurando a taça de vinho; gotas de Rioja caem sobre ele a cada novo soluço. Ela vai até ele.

– Greg...

O choro dele é como um pássaro bicando um tronco de árvore molhado, persistente, mas estranhamente abafado. Ele levanta o rosto para olhar para ela por um momento, mas com vergonha por ela o estar vendo daquele jeito, vira a cabeça na direção do sol que se põe, grande e cor de ferrugem, ardendo no horizonte. Ele parece se recompor, mas então seus ombros voltam a sacudir, a angústia crescendo quando ele tenta controlá-la. Ela dá um passo na direção dele, mas não consegue ir mais além. A visão do seu corpo grande e sólido, abatido, reduzido a isso, é estranha para ela. E, acompanhando a compaixão, vem o medo. Será que ele suspeita? Toda aquela conversa antes – o namorado da filha – será que ele *sabe*? Ela se dá conta mais uma vez da loucura, da insensatez de tudo aquilo. Ela despreza a si mesma, despreza o que está fazendo... Agacha-se ao lado dele, segura sua mão e a beija com ternura.

– Greg. Querido...

Ela está olhando para ele, mas ele não consegue encará-la. Ele fita a luz bruxuleante da vela; vê a chama dançar para a frente e para trás na ponta do pavio amarelo. Ele beberica o vinho e põe a taça em cima da mesa, girando-a entre dois dedos. O líquido vermelho escuro gira na taça.

– Conte-me o que aconteceu, meu bem – ela diz, baixinho, e encosta a mão no pulso dele. Ele olha para a mão dela por um longo tempo, como se a estivesse vendo pela primeira vez. Passa o dedo na aliança dela. Ela sente um arrepio de medo. Ela sabe, agora, o que ele vai dizer. O que quer que ele diga, por mais que ela deseje se penitenciar, ela não irá confessar. Negar, negar, negar. Lá vem. Ele respira fundo, sopra o ar. O coração dela bate violentamente nos ouvidos. Ela sente suas vias aéreas se fechando. Em sua cabeça, tenta visualizar seu inalador – seu pulmão de aço. Ele se vira para ela. Não consegue encará-la por muito tempo, e é obrigado a virar a cabeça de novo como que com medo de desabar. Ele toma um gole de vinho. Controla-se.

– Eu sei o que as pessoas querem dizer agora quando falam que sua vida passa como um filme diante dos seus olhos. Não há melhor maneira para descrever o que aconteceu. Bem ali, na minha frente, estavam todas as lembranças que comporiam a última cena se... – Ele abafa um soluço; aperta a parte de cima do nariz e fecha os olhos, depois torna a abri-los. – Passou tudo ali, num flash.

– O incidente da caminhonete? Ontem?

Ele balança a cabeça afirmativamente.

– Eu achei que nós íamos... – Ele ainda está fitando a vela. A chama está começando a lançar sombras sobre a mesa enquanto a noite cai. Ele olha de repente para ela. – Sabe, eu sempre disse a mim mesmo que, se você quisesse muito ter um filho seu, você teria dito. Teria feito pressão. Mas agora eu sei que não, certo? Você não fez isso. Porque nunca me pressionou a respeito de nada. Isso não faz parte da sua natureza. E agora é tarde demais, e eu sinto muito.

Ele se levanta e vai até a beira do terraço, põe as duas mãos no parapeito de madeira. Ela o segue e fica parada ao lado dele. O sol é apenas um pontinho rosado no horizonte agora. No lusco-fusco, os limoeiros, suas folhas iluminadas pela luz difusa, pareciam esqueletos montando guarda. Ela segura os pulsos dele.

– Você está em choque, Greg. Que burrice a minha! Que estupidez...

Ela mal consegue controlar o alívio que está sentindo. Ele não sabe de nada. Ela segura o rosto dele com as mãos; obriga-o a olhar para ela. – Como foi que eu não notei? O fato de você não estar conseguindo dirigir, o estado em que você está desde ontem... – Ela não consegue disfarçar a alegria. É capaz de perdoá-lo por qualquer coisa. *Qualquer coisa*.

– Está tudo bem, meu querido. Tudo bem.

Ele se vira para ela e levanta a cabeça dela com um dedo.

– Está mesmo? – Ela balança a cabeça e tenta demonstrar certeza absoluta.

– Espero que sim, Jenn. Espero que fique tudo bem conosco. Mais do que você imagina...

Ela sorri com os olhos e beija cada uma das mãos dele. Ela sai do terraço e se senta à mesa. O sol se pôs. O céu está escurecendo.

Eles brincam a respeito de Benni e suas aparições súbitas que parecem coincidir com as horas em que Emma está tomando sol na piscina; conversam sobre o que farão amanhã. Eles não mencionam o quase acidente com a caminhonete dos hippies e não conversam sobre eles próprios. Terminam o vinho e cada um convence o outro que o linguine frio foi a melhor refeição das férias. Está delicioso. Depois, ficam na pia da cozinha, lavando e enxugando a louça, com morcegos voando para dentro e para fora do caixilho da janela. Ela olha para o marido. Ele está muito longe, perdido em seus pensamentos. Nós vamos ficar bem, ela diz a si mesma – e lhe beija o braço para que ele saiba disso.

Ela se agacha no chão para alcançar as prateleiras atrás das cortinas de algodão listrado. Nós vamos ficar bem, torna a dizer a si mesma, e guarda os pratos com cuidado, um por um, como se qualquer movimento súbito fosse capaz de abalar sua convicção.

19

Ela está sentada à mesa da cozinha quando ouve o barulho do táxi se aproximando. O clarão dos faróis surge no meio dos limoeiros, saltando para cima e para baixo a cada buraco. Ela sopra a vela. Sua chama em forma de pera é frágil e fina; consumida até o pavio. Nesse tempo, ela andou de um lado para outro na cozinha sentindo uma mistura de culpa, raiva e recriminação.

Ela vai para a sala. Greg está esparramado no sofá, roncando, os óculos de cabeça para baixo no nariz. Imagens da tela da TV refletem-se em suas lentes. Ele é uma grande massa, tomando todo o sofá. Ela costumava amar a sensação de consistência que vinha unicamente do tamanho dele. Agora ele parece incômodo.

Ela põe a mão no ombro dele e o sacode delicadamente para acordá-lo.

– Eles estão de volta, meu bem. Vamos para a cama.

Ele sopra um hálito azedo no rosto dela, muda de posição; resmunga por ter sido incomodado. Jenn pega a coberta na ponta do sofá e coloca sobre ele. Tira os óculos do seu nariz. Ela se abaixa para beijá-lo na testa, e é tomada por uma onda de tristeza. O celular dele cai no tapete. A luzinha vermelha está piscando. Ela pega o telefone e vê que há quatro ligações perdidas. Deve ser a universidade de novo, amolando-o com as entrevistas que estão fazendo para concessão de bolsas de estudo. Ela gostaria que ele fosse tão firme no trabalho quanto é dogmático e insistente em relação a ela e a Emma. Ela coloca o celular ao lado da televisão para que ele o veja quando acordar, depois dá meia-volta para ir para a cama. Mas o BlackBerry piscando atrai sua atenção, e ela sente uma pontada de medo. E se aquelas chamadas perdidas forem de Emma? E se eles tiverem tido uma discussão e, bêbado ou culpado, Nathan tiver confessado? Ela sente um gosto amargo na garganta quando aperta o botão com o polegar para verificar as chamadas; e em seguida uma certa irritação. *Prof.* Só isso. Graças a Deus! Quatro chamadas perdidas do professor Christopher Burns, um dos amigos mais antigos de Greg e colega dele na universidade. Ela ouve a batida da porta do táxi e sobe rapidamente a escada. Depois que Emma estiver deitada – quando Jenn tiver certeza de que está dormindo – ela irá falar com Nathan. Ela irá ao quarto dele e o obrigará a contar-lhe toda a sórdida verdade.

Ela está no meio do corredor quando para, subitamente, por conta de uma série de bipes lá embaixo. Ela olha para o terraço. As silhuetas de duas figuras de aparência militar estão olhando para as janelas, e depois uma voz fala pelo rádio. Reconheceria esse som em qualquer lugar – Manchester, Rochdale, Deià – é o mesmo no mundo inteiro. Encrenca.

Duas coisas passam pela sua cabeça quando desce rapidamente a escada e vê o carro de polícia pela janela: o incidente com a caminhonete dos hippies na véspera e a pulseira que roubou. Ela ainda está em sua bolsa, pendurada atrás da porta da cozinha. Por um momento, pensa em jogá-la no lixo, mas em seguida percebe que se fizer isso estará embarcando em sua paranoia. Então, põe as duas mãos na porta e respira fundo. Composta, ela sai para o terraço.

Um dos policiais está falando no rádio. Seu parceiro, moreno e forte, está examinando a casa. Ele tem um rosto duro e astuto que a desagrada de cara. Ele puxa os ombros para trás, estica o corpo e estala os dedos, resmungando baixinho. Ela está parada na porta, a poucos metros de distância; nenhum dos dois policiais demonstrou ter notado sua presença, ainda. O que *é* isso? Uma combinação do ar frio da noite com o avançado da hora diz a Jenn que esta não é uma coisa trivial. É algo sério – tem que ser. Ela já está indo acordar Greg quando o sujeito de rosto astuto abre a porta de trás do carro. Primeiro apareceu uma muleta, depois o rosto de Emma surge por cima do capô do carro. Ela está de cabeça baixa e, mesmo dali, apenas com o brilho fraco das luzes externas, Jenn pode ver que os olhos dela estão embotados. A filha deles está bêbada, só isso, e a polícia local veio puxar as orelhas deles.

Ela resolve não acordar Greg, sabendo como ele irá reagir, e, em vez disso, encosta a porta atrás dela. Pedrinhas e espinhos espetam seus pés enquanto avança descalça na direção deles. Emma vem mancando em sua direção. Jenn muda de opinião – ela não está nada bêbada. O rosto dela está vermelho, inchado de chorar.

– O que aconteceu? Você está bem?

Ela segura o rosto de Emma entre os dedos e olha bem dentro dos seus olhos. Emma a encara por um momento antes de se esgueirar para trás dela. Suas narinas tremem como se estivesse de novo à beira das lágrimas. Jenn se vira para os guardas.

– O que está acontecendo aqui?

O cara de expressão astuta olha para ela e ri debochadamente. Ele demora a responder; olha para ela de cima a baixo enquanto acende um cigarro; ele faz isso devagar, soprando uma baforada de fumaça na direção da piscina.

– Bonita casa.

Ele agora está olhando para ela com um olhar lúbrico; ele é sinistro. Irradia uma truculência que a faz se aproximar de Emma e passar o braço protetoramente pelos ombros dela. Ela se vira de frente para a casa e leva Emma junto com ela.

– Se não houver mais nada, cavalheiros...

O tira continua a sorrir como se conhecesse os segredos mais íntimos e depravados de Jenn. Ele sopra outra baforada de fumaça e atira a ponta do cigarro no pomar. O parceiro dele entra no carro. Jenn relaxa um pouco.

– Da próxima vez, mamãe, dê o número do táxi para ela, sim?

Ele olha mais uma vez para a casa, depois entra no carro e bate a porta. Eles dão marcha a ré em alta velocidade, entrando na rua estreita da praia e subindo a ladeira de volta à cidade de Deià. As luzes de trás do carro brilham no alto da ladeira.

Jenn vai ajudar Emma a entrar, mas ela a afasta, zangada. Ela passa pelo portão lateral que dá na piscina, senta na escada e fica em silêncio, olhando na direção da baía.

– Emma?

Nenhuma resposta.

– Em.

Emma vira os ombros para mostrar que gostaria de que ela a deixasse em paz, esticando o queixo com indignação, igualzinha ao pai. Jenn sabe que deveria deixá-la sozinha, mas precisa saber o que aconteceu na cidade aquela noite. Ela entra em casa e volta com uma garrafa de vinho e duas taças. Serve uma taça e entrega para Emma.

– O que foi que aconteceu, meu bem? – ela diz. Seu estômago revira enquanto espera a resposta. Onde está Nathan, quer perguntar. Pare com essa manha e me diga o que houve com Nathan. Mas assim que surge a pergunta, Jenn se dá conta da perversidade daquela situação. Isso tem que parar agora – e ela precisa pôr um fim nisso assim que ele voltar.

Emma tira um maço de cigarros da bolsa. Ela olha de viés para Jenn – não para buscar o seu consentimento, mas para impedir qualquer sinal de resistência. Jenn nem pisca.

Ela sorri como que para dizer, é claro que eu conheço os seus segredos. Eu sei que você fuma; eu sei sobre a sua calcinha suja de sêmen. Ela se inclina e pega um cigarro. E desta vez quem fica surpresa é Emma. Sim, Emma, eu sou velha, sou infeliz, mas também tenho os meus segredos. Jenn a observa na luz da chama, o narizinho de Emma, cheio de sardas, e fica consumida pela culpa. Não faz muito tempo ela costumava contar essas sardas; fingia que estavam faltando duas, que elas estavam escondidas no seu próprio nariz ou na sua orelha, e Emma caía para trás, às gargalhadas, e dizia, "De novo, mamãe! Conta de novo!" Elas se examinam entre baforadas de fumaça. Emma solta fumaça pelo nariz, levanta o cigarro e diz: – Não conte ao papai que a polícia me trouxe de volta.

Ela dá uma tragada no cigarro, como que para mostrar a Jenn há quanto tempo vem fazendo isso; como ela sabe pouco a respeito dela. Segura a terceira tragada, solta a fumaça devagar, em ondas. Jenn serve mais vinho para Emma. Ela mal tocou no dela. Ela muda de tática; muda de tom. Fala como se estivesse falando com uma amiga.

– Vocês dois brigaram? – Jenn pergunta. Emma encolhe os ombros. – Quer falar sobre o que aconteceu?

Emma abaixa a cabeça e levanta os olhos para ela.

– Não especificamente.

Ela dá outra tragada no cigarro, inclinando a cabeça para trás para soltar a fumaça na escuridão da noite. Ela fica assim, olhando para o céu. As estrelas estão enevoadas; a lua escondida atrás das nuvens. Jenn se levanta.

— OK. — Ela sorri. Ela está com frio, mas pode ouvir o tremor extra em sua voz. Isto é ela e Emma: nenhuma alegria, nenhum elo.

— Curta o seu cigarro. Daqui a pouco eu volto para ajudá-la a entrar. A se deitar.

Jenn se vira para ir. Emma baixa os olhos devagar.

— Nós discutimos por sua causa, na realidade. Já que perguntou.

Jenn tenta engolir a própria bile.

— *Eu?* Por que vocês discutiriam por minha causa?

E a resposta dela é tão rápida, tão pronta, que, mesmo que a filha suspeitasse dela, pensaria duas vezes. As narinas de Emma estão abrindo e fechando.

— Ele disse que você merecia coisa melhor.

— Nathan disse isso?

— Sim. Ele disse que você merecia alguém melhor do que o papai. Ele disse que o papai não sabia lidar com uma mulher como você. Que, se você fosse mulher dele, ele saberia como lidar com você.

— Por que ele diria isso?

— Não sei. — Ela olha para Jenn. — Por quê?

Jenn não consegue encarar Emma. Ela pode ouvir a falsidade da própria voz.

— Espero que você o tenha posto no lugar dele!

Emma a encara por mais alguns instantes, depois enfia a mão na bolsa e tira a carteira lá de dentro. O coração de Jenn começa a bater com força. Ela olha para a carteira, esperando que Emma vá tirar de lá alguma prova irrefutável; algo que Nathan tenha escrito, e que irá confrontá-la com isso. O rosto dela deve ter mostrado o choque que sente quando Emma põe um cartão de crédito sobre a mesa. É o Amex de Jenn. Ela pega o cartão, verifica o nome para ter certeza.

– Onde foi que você...

– Papai.

– Seu pai lhe deu isso?

– Emprestou. Mas só porque o cartão dele não está funcionando. Ele disse que iria reembolsá-la assim que nós voltássemos.

Jenn está se esforçando para vencer a raiva causada por esta afronta.

– Bem, seu pai deveria ter me perguntado se o meu estava funcionando. Ele funcionou? – Emma tenta mostrar indiferença sacudindo os ombros, mas seu lábio está começando a tremer. – E por que você precisaria dele? Tem dinheiro suficiente em casa para uma refeição fora.

– Papai reservou lugar para nós no Jaume. Ele queria que tivéssemos uma lembrança boa para levar conosco.

E essa última frase deixa Jenn furiosa de novo. Ela se agacha para ficar com o rosto no mesmo nível que o de Emma. Quando Emma tenta virar o rosto, Jenn segura delicadamente seu queixo, com dois dedos, mas com firmeza obriga-a a encará-la.

– Ele não tinha o direito.

— Eu sei! OK? Eu sei muito bem que você não teria deixado!

Ela lança um olhar furioso para ela. Jenn só consegue murmurar sua resposta.

— Você está certíssima, eu não teria deixado. — Ela tem que ir andando até o final do pomar para extravasar a raiva. E demora a voltar. — Você não vê o quanto isso é... *errado*? Você precisa *merecer* privilégios como esses, Emma. *Jaume!* E como é que você ia nos reembolsar?

Emma sorri afetadamente.

— Bem, eu poderia tentar aquele emprego de *fim de semana* que você está sempre insistindo para eu arranjar. — Ela faz uma careta, estica as vogais e começa a imitar Jenn. — Ei, quem sabe assim eu mereça esse privilégio?

Isso já estava para acontecer há algum tempo. Jenn pode sentir a raiva subindo em ondas. Ela sabe que vai se arrepender do que disser, mas não consegue se controlar. Tenta manter a voz calma.

— Sabe de uma coisa, querida, eu provavelmente não teria me importado se você tivesse pedido. — Emma revira os olhos e Jenn reage com violência. Quando ela começa a falar, um motor interno toma conta dela e acelera até não restar mais nenhuma Jenn; somente sua voz, falando; furiosa.

— Emma — se você *fosse* essa pessoa que *tivesse* um emprego, que se *responsabilizasse* por seus atos, então você *teria* me convencido. Mas você não é essa pessoa, é? E julgando pela sua façanha desta noite, você não demonstra nenhum sinal de vir a sê-la. E só para deixar claro, se você quiser bancar a adulta com o seu namorado em algum restaurante chique, então é melhor começar a agir como adulta. Você precisa aprender que não consegue as coisas fazendo beicinho. Por intimidação... – Ela estava ficando sem fôlego, mas não conseguia parar. – Comece a *trabalhar* para conseguir as coisas que você tanto quer! E antes de começar a fazer caretas e revirar os olhos, fique sabendo que a resposta é sim. Você precisa começar a fazer as coisas que eu fazia quando tinha a sua idade; como estou fazendo agora – seis, sete dias por semana, mais hora extra para pagar pela porra da sua educação! Para pagar pelos privilégios que você considera normais e aos quais não dá nenhum valor.

Emma fica em pé; coloca uma muleta debaixo do braço.

– Belo discurso, *Jenn*. Você deve estar trabalhando nele há semanas...

– Anos. – Ela foi longe demais. Não consegue parar de atacá-la. Emma sorri. Ela está calma. É veemente, mas equilibrada.

– Sinto muito que tudo isto seja um grande sacrifício para você, Jennifer. Você é tão martirizada, não é? Tem que me sustentar, que pagar a minha escola. Deve ser um fardo enorme tudo isso... – Ela faz um esforço exagerado para pegar a outra muleta. Dá um passo para mais perto de Jenn. – Eu sei que nunca, nunca ouvi as mães das minhas amigas se queixarem tanto quanto você. Nunca ouvi nenhuma delas reclamando dos sacrifícios que têm que fazer; das horas que trabalham para dar uma vida fantástica, maravilhosa para os filhos.

Jenn agora está possessa. Ela enfia um dedo no peito de Emma.

— As mães das suas amigas nem trabalham! Elas não saberiam o que é sacrifício nem que ele batesse na cara delas!

Emma dá um sorriso debochado para ela; olha-a de cima a baixo.

— Isso porque não é nenhum *sacrifício* para elas! Elas fazem isso porque querem, e a questão é essa, Jenn. Você faz porque tem que fazer e, meu Deus, nunca deixou de me lembrar disto!

Ela sai andando, parando, meio hesitante, no portãozinho quebrado. Encosta uma muleta na ombreira do portão e se inclina para abri-lo. O fundo dele prende no chão. Profundamente ofendida, Jenn vem atrás dela. Seu peito está chiando quando ela puxa Emma pelo ombro.

— Bem, talvez seja porque você não é minha filha!

Há um clarão vitorioso nos olhos de Emma. Vitória. Ela sorri e sai mancando. Jenn fica ali parada, entorpecida. Ela está tremendo. Silêncio, exceto pelo chiado dos seus pulmões. Ela entra em casa. Enfia as sandálias e pega a bolsa, sem esquecer o inalador ao sair, entra no carro e liga o motor.

20

Ela segue devagar pela estradinha estreita até a cidade, olhando para a esquerda, e para a direita. A escuridão é quase sólida e, sem lua para iluminar o caminho, ela segue com o rosto grudado no volante. Ela liga o farol alto; a qualquer momento espera ver a figura dele aparecer. Está desesperada para vê-lo; ela não o vê. Passa pelo carro de polícia, parado no ponto de ônibus ao lado de La Residencia. As luzes internas estão acesas e eles estão com as cabeças inclinadas sobre alguma coisa. Pornografia, sem dúvida. Ela diminui a velocidade para 30 quilômetros por hora. Está acima do limite; não quer dar nenhum motivo para eles a mandarem parar.

Os restaurantes estão todos fechados, mas ela pode ver as luzes da árvore do Bar Luna piscando. Ela diminui a velocidade ao passar. Acha que o viu encostado na sacada do terraço, com os braços estendidos ao longo do corrimão. Abaixa o vidro do carro, mas não para; risos e conversa. Ela ainda não está preparada para ele. Continua descendo a estrada da cidade; fecha os olhos ao passar pelo Jaume. A estrada escurece quando ela passa pela fachada e começa a subir. No meio da escuridão, consegue enxergar o contorno das oliveiras abaixo, como uma escadaria gigantesca descendo até o mar. A estrada é larga e reta por um tempo, e ela acelera fundo. A velocidade a acalma, e ela pensa em Emma.

Palavras que precisavam ser ditas. Palavras que não podiam ser recolhidas. Estavam pairando sobre ela havia meses. Ela nunca conseguia parar para pensar nos porquês e comos, mas sabia que aquilo ia acontecer. Os questionamentos de Emma, a fúria de Emma. Ela sabia, mas não tinha ideia da extensão, da profundidade do sentimento – e desta vez não pode simplesmente ignorar aquilo como sendo uma típica explosão da adolescência. Aquilo pareceu ensaiado; como se estivesse vindo de alguém muito mais maduro. Jenn se sentiu uma garota idiota. Emma pareceu uma mulher falando.

Ela pega a bifurcação depois da oficina. Por alguns quilômetros, penetra no meio das montanhas e a escuridão se fecha sobre ela como uma neblina, mas em seguida a estrada se curva sobre si mesma e o mar aparece. Brilhante, uma folha de metal escuro, iluminado por uma nesga de lua; as nuvens passam rápidas no céu. Talvez ele esteja certo, afinal de contas. Quando se conheceram, quando se tornaram um casal, Greg quis que mantivessem as coisas simples com Emma; até ela ficar mais velha. Sim, é claro que ele ia contar a ela sobre sua mãe biológica no momento certo, mas por ora não havia motivo para confundi-la. Jenn não concordou com isso: quando foi morar com ele, ela vasculhou as caixas de fotografias e outras recordações que Greg tinha levado para o sótão, achou um retrato da mãe de Emma e o colocou sobre a lareira. No quarto de Emma, ela pendurou uma foto da menina recém-nascida nos braços da mãe, tirada poucas horas antes de ela morrer. Gregory retirou as fotos. Ele ficou furioso. Deixe que ela chame você de mamãe. Nós vamos contar a ela quando ela estiver pronta. Ela não teve coragem de magoá-lo, de dizer, "Mas *eu* não estou pronta".

Quando Emma falou mamãe pela primeira vez, ela se sentiu acuada. Pela primeira vez na vida, ela se deu conta de que era responsável por outra pessoa além de si mesma – e isso a assustou. Ela não poderia fugir caso as coisas não dessem certo entre ela e Greg, e sabia que, se continuasse com aquilo, se casasse com ele, estaria se comprometendo com duas pessoas e não apenas com uma.

A estrada passa pela densa floresta de pinheiros. A lua desaparece. Uma lebre atravessa a estrada e Jenn dá uma guinada no volante para não atropelá-la. Um declive íngreme; flashes de postes de luz por entre as árvores. Ela tira o pé do acelerador, deixando o carro solto. Reconhece alguns dos lugares escritos nas placas. Banyalbufar. Lá há um bar que eles visitaram uma vez num inverno e que Nathan iria amar; rústico, frequentado por gente do lugar, barato e autêntico. Ela gostaria de que ele estivesse ali ao lado dela, com a mão em suas pernas. Gostaria que tivessem Deià só para eles. Ela pensa se deveria levá-lo lá, só os dois. Greg estava sempre insistindo com ela para expandir seus horizontes. Talvez ela faça isso. Sim, talvez ela faça exatamente isso.

A estrada desce e se afasta das montanhas. O marcador de gasolina fica vermelho. O mar escuro está visível lá embaixo quando ela faz uma curva e se dirige para a cidade. Ela vai parar no bar para tomar um conhaque; depois voltará para encarar a realidade. Para procurá-lo e dar um jeito nessa confusão.

⌒

Ela fica desolada. O bar não está mais lá. No lugar dele estão os primeiros dois terços de uma mansão. Ela solta uma risada melancólica, estaciona, desliga o motor, vai dar uma olhada. Consegue ver o lugar em sua mente. Paco's. Alegre. Animado. Cheio de fumaça e risos. Sim, Nathan teria adorado. Ela volta para o carro. Um velho solitário lança um olhar para ela ao passar. Ela apoia a mão na porta do carro.

– Com licença?

Ele para. Ela sorri. Ele não corresponde.

– *Parle inglés?*

Ele sacode os ombros. Talvez. O que você quer?

– O bar?

Ele abre um sorriso triste.

– Ah, o Paco's? Você se lembra dele?

Jenn balança a cabeça.

– Sim. Eu me lembro do Paco's. Eu me lembro bem dele. – Ele torna a sacudir os ombros. – Acabou. Não tinha freguês. Tudo muda.

Ele a cumprimenta com um movimento leve da cabeça e dos ombros e vai embora. Jenn entra no carro, atravessa a cidadezinha até chegar ao estacionamento ao lado do desfiladeiro e faz a volta. Começa a procurar por um lugar que venda combustível.

⁓

O céu noturno é negro. O vento balança o carro. Ela segue, sem pensar em nada, fumando os cigarros que comprou no posto, o primeiro maço que compra em muitos anos – e então Deià aparece lá embaixo, a igreja iluminada como um farol na noite sem estrelas, e tudo volta a atingi-la. Tudo parece ter desmoronado; quanto mais ela cava, mais afunda. Podia ir logo para casa e direto para a cama, e de manhã a tempestade terá passado. Emma estará arrependida; mal-humorada e um pouco envergonhada, mas vai querer fazer as pazes com ela. Greg será Greg. Tudo ficará bem de novo.

Ela passa por Sa Pedrissa à esquerda, Deià a dois minutos de distância, e o bar onde ela achou ter visto Nathan, e então é tomada pela convicção de que nada ficará bem de novo. As coisas não serão as mesmas de agora em diante. Foram ditas palavras e expressas opiniões que não podem ser retiradas.

Tudo muda.

Não há mais volta. Emma disse coisas. Jenn disse coisas piores ainda, e levará anos para reconquistá-la, não que ela vá fazer muita força para isso, mas porque aqueles privilégios típicos de mãe e filha nunca foram mesmo dela.

21

Ela se prepara. Dirige-se para a escada estreita do Bar Luna. Nathan está lá dentro no meio da galera. Está encostado num dos balaústres de madeira, fumando, despreocupado. Ela só consegue enxergar um pedaço do ombro dele e do antebraço moreno quando ele leva o cigarro aos lábios. O terraço está cheio de gente local de todas as idades: os filhos adolescentes de imigrantes; octogenários artísticos; o vendedor galante que lhe vendeu o vestido outro dia; e há um monte de mulheres esbeltas com contas nos cabelos, todas buscando chamar a atenção de um cara branco e bonito com a cabeça coberta por grossos dreadlocks. Com os olhos fechados, as mãos para trás, ele ginga bem devagar ao som ritmado, totalmente consciente de suas admiradoras, assistindo.

Um homem caminha na direção dela, mexendo com os ombros no ritmo da música. Do jeito que caminha pelo terraço, beijando rostos e apertando mãos, dá para ver que ele é algum "rosto" conhecido. De longe, ele é flexível e interessante, como um astro europeu do rock. Mas as luzes do terraço não o favorecem quando ele se aproxima. A pele é seca;

ela só consegue ver dentes brancos brilhando na direção dela, e o cabelo dele, desbotado do sol. Ele para a um metro de distância e faz uma reverência.

— Seja bem-vinda, dama misteriosa.

Ele é inofensivo, mas a enfurece. Ela abaixa a cabeça e passa por ele.

Jenn não é de forma alguma a pessoa mais velha ali, mas de repente sente-se terrivelmente consciente de sua idade. Ela odeia a palavra – debochou delicadamente de Emma por usá-la demais, mas Jennifer, de Rochdale, não é *cool*. Ela sente isso a cada passo desajeitado que dá em busca do seu namorado.

Ele está no canto, cercado de um grupo de jovens londrinos. A gargalhada deles é alta e calma – e isto a irrita. Houve um tempo, não muito distante, em que os únicos sotaques ingleses que eles ouviam em Deià eram os deles próprios. A ideia a entristece enquanto ela fica ali parada olhando para ele, um rapaz másculo, rindo de alguma observação irônica. Ela se recompõe. Ela não está nostálgica, apenas triste.

Nathan ainda não a viu. Ela está bem atrás dele agora, se esticasse o braço poderia tocá-lo, e mal pode conter sua excitação nervosa. O cheiro de maconha é tão forte naquele canto do terraço que ela fica tonta só de respirar. Ela estende a mão, tira o cigarro dos dedos dele e o coloca entre os lábios. Ele se volta zangado, e seu rosto passa do choque ao medo e à culpa a cada piscadela dos seus olhos. E então ela vê por quê.

Ela está do outro lado da coluna, mas está sem dúvida com ele. Ela. A garota hippie da caverna da praia; aquela com quem ele flertou na barraca do mercado. Seus dedos finos estão batucando no pescoço dele. Jenn fica olhando hipnotizada para os anéis ordinários que ela está usando, dois ou três em cada dedo, subindo e descendo enquanto batuca. Não consegue pensar; não consegue respirar. Nathan se solta e tenta parecer alegre e surpreso. O rosto dele irradia terror.

– Jenn! O que você está...

Ela dá um sorriso gelado. Não diz nada. Vira os olhos para a garota.

Nathan dá um passo para trás como se estivesse notando sua presença pela primeira vez.

– Você conhece a Mônica? Olha, vou buscar uma bebida para você.

Ela sente que vai desmaiar se não sair dali naquele momento. Dá meia-volta e abre caminho pelo terraço lotado. O homem dos dentes brancos tenta bloquear o caminho e incluí-la em sua dança. Ela dá um empurrão nele.

– Babaca! – ela diz.

Ela caminha pela rua vazia de braços cruzados, com passos vacilantes. Sua garganta começa a arder. Anda mais devagar, procura o inalador dentro da bolsa. Droga. Ela sabe que ele está atrás dela. Não consegue vê-lo ou ouvi-lo, mas sente sua presença. Ela anda mais depressa. Está abrindo a porta do carro quando ouve o barulho dos tênis dele, correndo para alcançá-la. Ele se encosta na porta do motorista, com os braços estendidos. Ela aponta a chave para o rosto dele.

— Sai da frente!

Ela põe as duas mãos no braço dele e tenta tirá-lo da frente. Ele ri, mas está preocupado.

— Jenn, deixe-me explicar, está bem?

— Não precisa.

Ela torna a balançar a chave na direção dele:

— Amanhã você volta para casa. Quando chegar em casa, você termina o mais delicadamente possível com a minha filha. Você nunca mais entra em contato conosco. Se fizer isso... se ousar falar uma só palavra para alguém eu juro...

— Sua filha? — ele dá um riso debochado.

Ela leva um susto. Uma corrente elétrica percorre seu corpo; doida, perigosa. Ela tenta contê-la, mas, quando levanta os olhos, o rosto dele é só desprezo. É odioso. Ela lança o braço sobre ele. A chave arranha o rosto dele; o som é de um zíper sendo aberto rapidamente. Ele leva a mão ao rosto. Uma gota de sangue rola por entre seus dedos.

— Desculpe...

Ela cobre a mão dele com a dela e tenta transmitir seu arrependimento com os olhos; ela não suporta a ideia de tê-lo machucado.

— Por que você está aqui? — Os olhos dele estão cheios de indignação. Jenn não diz nada. Ele a encurralou. E parte para o golpe final. – Emma? – ele ri e sacode a cabeça. – Quer saber por que Emma foi embora furiosa?

– Eu posso arriscar um palpite. – Ela olha por cima do ombro, na direção do Jaume. – Na verdade, não. Ela já me contou o que aconteceu...

– Contou? Aposto que ela não contou que nós fizemos as pazes, contou? Que ela estava me implorando para levá-la de volta para casa e trepar com ela bem debaixo da sua janela. – Jenn dá um passo para trás como se tivesse levado uma bofetada. Há algo nos olhos dele, no tom magoado de sua voz, que diz a ela que ele não está mentindo.

– Esta noite. Ia ser esta noite. Depois do jantar grã-fino no restaurante.

Ela tira o casaco, dobra e pressiona contra o rosto dele. Ela olha bem nos olhos dele.

– Então todas as outras vezes que ela esteve na sua cama, isso não conta para nada?

Um breve clarão nos olhos dele, mas ele se recupera logo.

– Na minha cama? Ah, certo! E como é que funciona, com ela de muletas?

Ela abaixa a mão do rosto dele para ver sua reação.

– Eu achei a calcinha dela na sua cama.

Ele examina o rosto dela. Passa a língua nos lábios e toma coragem.

– Ah, é mesmo? E o que mais você achou enquanto estava xeretando no meu quarto?

Ela estende a mão por trás dele para a maçaneta da porta.

– Eu não estava xeretando...

– Pois me parece que sim. Aposto que você ficou excitada.

Ela quase bate nele de novo. Baixa a cabeça, envergonhada. Nathan chega mais perto. Ele fala mais baixo.

– Olha. Eu não sei o que você achou ou como isso foi parar lá. Talvez seja de outra família, certo?

– Não. – Ela dá um sorriso cansado. – Era de Emma.

– Parece que você *quer* que seja de Emma. Você quer uma desculpa.

– O seu sêmen mal tinha secado na calcinha, Nathan.

E desta vez ele fica chocado. De novo, o sorriso resignado. Ela toca nele de leve.

– Desculpe por ter machucado o seu rosto. Mas, por favor, pode sair da frente agora, eu quero entrar no carro e ir para casa.

Ele a encara por um segundo, depois se afasta da porta. Ela entra. Ele segura a porta de modo que ela não possa fechá-la.

– Não que seja da sua conta, já que você já chegou a um veredito a meu respeito... – Há um vestígio de lágrimas nos cantos dos olhos dele. – Mas Emma nunca esteve na minha cama. Nem aqui nem na Inglaterra.

Jenn fica ali sentada, imóvel. Ela não acredita numa só palavra. Está louca para acreditar. Ele engole em seco, faz uma pausa, e a obriga a encará-lo.

– Nós fingimos. Ela enfiou a calcinha por baixo, depois... – ele para. – Use a sua imaginação, certo?

Ela ruminou a ideia. Fica melhor, ou mais fácil, o fato de não ter havido penetração? Pela primeira vez, Jenn estava certa. Emma e Nathan tinham feito quase tudo.

– E por que resistir, Nathan? Se Emma queria *tanto*... por que não dar a ela o que ela queria?

Ele olha para Jenn, espantado.

– Ahn... porque ela tem 15 anos?

Ele fala em tom de pergunta, só para ela parecer burra.

– Entendo. – Ela aponta para o bar. – E quanto a ela? Ela tem idade suficiente? Ou é mais um fruto proibido?

Nathan sacode a cabeça devagar.

– Quer parar com isso, Jenn?

– Acredite, eu gostaria de poder...

– Eu não sou assim.

– Pois está me parecendo que você é exatamente assim – do jeito que ela estava passando a mão em você.

– Mônica! Sério? – Ele começa a rir e enfia a mão no bolso. – Por Deus, Jenn.

Ele abre a mão e mostra um saquinho plástico, quase cheio de maconha.

– Isto é o que Mônica significa para mim. – E o olhar que ele lança para ela é tão magoado e infantil que ela tem vontade de abraçá-lo. – E é isso que eu sou para ela. Um freguês.

Ele começa a se afastar do carro, para e volta. E aponta para o rosto de Jenn. Se ela não acreditou nele antes, acredita agora.

– Você não tem nenhum direito – ele diz baixinho. – *Ele vai para a cama com você e acorda com você.* – O lábio dele está tremendo. – Ele vê cada pedaço de você. Você é dele. Você faz alguma ideia de como eu me sinto quanto a isso? Acordado na cama, prestando atenção? Imaginando o que vocês estão fazendo... – Ele começa a andar de costas pela rua. – Deixe o meu passaporte e a minha mala no terraço. Quando você acordar, eu não estarei mais lá. Você nunca mais vai me ver nem ouvir falar de mim.

Pelo espelho retrovisor, ela o vê caminhando pela rua, com a mão no rosto. Ele passa pelo Bar Luna, atravessa a rua para o estacionamento e desce na direção do riacho. Ela se sente caindo ao ligar o carro.

22

Já passa da meia-noite quando ele volta. A lua há muito já foi consumida pela noite e Jenn está encolhida nos degraus, enrolada numa manta. O vento está frio; fecha os pulmões dela. De vez em quando o vento para e, no silêncio, ela ouve o ronco de Greg no andar de cima.

Nathan não a viu. Ela desce a escadinha e caminha no meio dos arbustos para encontrá-lo pelo lado da casa. A grama seca e áspera por causa do vento espeta seus pés pelas sandálias. Ela o pega de surpresa; seus reflexos estão lentos e ela imagina se ele estará drogado. Mesmo no escuro, ela pode ver que ele está descabelado pelo vento; sente cheiro de sal em sua pele. Será que ele ficou esse tempo todo sentado na praia? Será que estava sozinho? Ela não tem coragem de pensar nisso. Ela não diz nada. Segura-o pelo pulso, leva-o pelo lado da casa até o fundo do pomar. Há um pequeno trecho de chão iluminado pelas luzes da piscina do outro lado da casa. Ela estende a manta no chão; faz sinal para ele sentar.

Ela monta nele e o beija com força. Ele não resiste. Seu pau já está duro sob o jeans. Ela abre a braguilha dele. A luz que vem da piscina reflete no relógio dele quando ele a ajuda a colocar o pau para fora.

Ela se levanta; de costas para a casa, tira a roupa; toda. Seus mamilos ficam duros. Ela cospe na mão, esfrega entre as pernas e, bem devagar, monta nele. Seus rostos ficam no mesmo nível; olhos bem abertos. Ele pensa que é um engano; estende a mão para seu pau e o guia para dentro da boceta dela. Ela o puxa para fora de novo, sem desviar os olhos dos dele. Ela o segura com uma das mãos e manobra as coxas até ele enfiá-lo direito. Ela segura com força nos braços dele para se equilibrar.

— Isto é seu — ela diz. — Só seu.

Ele balança a cabeça; parece compreender. Seus olhos não piscam, ficam fixos nos dela, hipnotizados. Ele a toca com o polegar e então suas pupilas se afastam para algum lugar além das montanhas e das nuvens.

⌒

Ela enrola o cigarro: já faz muito tempo, mas mesmo no meio da ventania o ritual é familiar para ela. Eles ficam deitados de costas; as cabeças no meio de dezenas de limões estragados. Ela pode ouvir o barulho do mar, das rajadas de vento. Sua respiração é curta quando ela traga o cigarro de maconha; ela prende a fumaça. No terraço, o vento arrasta uma cadeira. Uma porta bate; as luzes da piscina piscam e apagam.

23

Alguém está tentando acender um isqueiro, uma veneziana está batendo. O vento está soprando pela casa. Gregory está andando pelo quarto, praguejando. Jenn fica deitada, imóvel, protegendo-se das luzes do teto enquanto tenta se localizar. Ela se lembra de ter derrubado o abajur da mesinha de cabeceira na hora em que se deitou e de Gregory ter brigado com ela. Parece que isso foi segundos atrás.

Gregory está falando com alguém, mas não é com ela. Ela levanta a cabeça do travesseiro e vê Nathan parado na porta, só de cueca. Ambos se viram para ela quando senta na cama.

– Jenn – Greg diz para ela –, nós temos... um problema.

Ela sente um frio na barriga. Ele sabe – ele descobriu. Ela nunca viu Greg tão assustado, tão sério. Ela vai até o pé da cama. Ele está vestindo jeans e paletó. Ele se senta ao lado dela, segura sua mão. É agora.

– É Emma. Ela sumiu.

Uma rajada de vento faz a veneziana bater com força na parede. Ela abre como uma sanfona, depois dobra sobre si mesma, a madeira rachando nas dobradiças. Ela ouve as ondas batendo na enseada, mas isso não é nada perto do alívio que a domina. Greg vai até a janela e prende a veneziana na parede. Ela estende a mão para os seus inaladores – Gregory os arrumou na mesa de cabeceira: o azul mais perto do travesseiro, e ao lado dele o cor-de-rosa, preventivo. Ela inala profundamente, executando o ritual enquanto examina o rosto de Nathan em busca de uma pista. Ele olha para ela, mas seus olhos não revelam nada.

– Sumiu. Como assim, sumiu?

Greg fica parado ao lado da janela, mordendo os nós dos dedos enquanto observa a tempestade. As copas dos pinheiros estão balançando na escuridão como pessoas fugindo de uma catástrofe.

– Ela não está no quarto nem no jardim. Eu já fui até a cidade. A cama dela não foi usada.

A resposta típica de Jenn numa hora dessas seria de contrariedade, mais dirigida a Greg do que a Emma. Era a reação dramática e superprotetora dele a cada acesso de raiva, na opinião dela, que levava Emma a procurar maneiras mais elaboradas de se vingar. Isto se tornou um desafio para ela: um jogo habilmente calculado. Ela sempre se retirava ofendida depois de uma discussão, por mais trivial que fosse – tinha que ferir alguém. E em todas essas ocasiões, ela sumia por tempo suficiente até para Jenn começar a temer o pior, de tal modo que, quando ela finalmente aparecia, com uma cara emburrada e desafiadora, a agonia dos pais e a raiva deles eram logo substituídas pela alegria de a terem de volta.

Mas na noite passada não foi assim. Não houve uma discussão sem importância. Ela dissera a Emma, explicitamente, que ela não era sua filha. Talvez, desta vez, os instintos de Greg estivessem corretos: talvez a filha tivesse ido embora. E quanto mais ela pensa nisso, mais se convence de que é verdade. Ela sente o medo formando um nó em seu estômago, do mesmo modo que sente uma tempestade no peito. Alguma coisa aconteceu, e ela sabe que a culpa é dela. Ela disse coisas para Emma e agora ela foi embora. Greg nem imagina.

Ele se aproxima, acaricia a mão dela, tenta acalmá-la – mas o rosto dele está cinzento de medo. Ele se vira para Nathan.

– Eu preciso que você me conte tudo de novo. Tudo. Desde o momento em que vocês saíram para jantar na cidade.

– Foi como eu disse. – Ele levanta e abaixa as pálpebras, cansado. – Nós voltamos por volta das onze horas. Fomos direto para a cama.

– E não houve nenhuma... discussão? Nenhum desentendimento ou algo parecido?

– *Não*.

Jenn sente um aperto na garganta. Como ele pode olhar de frente para o Greg e mentir daquele jeito? Ela controla a raiva; obriga Nathan a olhar para ela. Ele a encara com uma olhar firme e desafiador. "O quê?" Ele está perguntando a ela. "O que você quer que eu diga?"

Greg não está acreditando. Ele o está avaliando como se fosse um aluno que alega que seu laptop foi roubado na véspera do último dia de entrega de um trabalho. Parte dele quer dar uma chance ao rapaz, mas sua experiência humana diz outra coisa. Nathan torna a olhar para Greg; ele o encara com firmeza. Sem ter em que se basear a não ser em seus instintos, Greg desvia sua atenção para Jenn. Por um momento ele fica ali parado, olhando para ela, como se visse – como se *soubesse* de tudo. Ela se concentra em sacudir o inalador, sugando o ar dramaticamente.

– Você... você saiu ontem à noite com o carro? – O tom dele é acusador, mas suplicante. Ele está buscando pistas, não um culpado. Ela está louca para lhe contar tudo. Mas não consegue dizer uma única palavra. Eles se encaram. – Eu achei ter ouvido o barulho do carro.

Se ela for contar a ele, tem que ser agora. Ela se vê olhando para uma espiral de cabelo branco saindo do nariz dele. Ela o despreza por isto; por não saber da existência daquele pelo branco.

– Eu saí – ela lança um breve olhar na direção de Nathan, baixa a voz – por necessidades femininas. Fui até o posto de gasolina. Aproveitei para encher o tanque do carro. – Ela sai da cama; vê que ainda está usando o vestido da noite anterior, amarrotado e sujo de grama. Greg nem presta atenção.

Ela sente uma tonteira e segura na mesinha de cabeceira para se firmar. Sacode a mão na frente do rosto para dar a entender que seus inaladores a deixaram tonta.

– Eu parei para comer um sanduíche na volta. – E ela pode terminar a história ali. Greg não está mais prestando atenção. Sua mente já está em outro lugar, buscando nova linha de investigação, mas, como ela está fabricando a história tanto para si mesma quanto para ele, ela continua.

– Você se lembra daquele lugarzinho entre Valldemossa e Bannyalbufar? O Paco's?

– Paco's. – Ele sorri, momentaneamente livre da provação. Ela balança a cabeça, como que em sintonia com a nostalgia dele – eles tinham comido lá no inverno em que viajaram para cá. Foram diretamente do aeroporto em busca de comida; era o único bar aberto e a cozinha já tinha fechado. Eles só estavam servindo *bocadillos*, mas seu anfitrião, Paco, insistiu para que os fregueses ingleses comessem algo quente. Ele esquentou um *estofado de Tramuntana* – ensopado feito de cabrito e coelho; e batatas fritas para Emma. Greg passou meses falando daquele jantar. Há uma foto na escrivaninha dele de Emma, com 6 anos, sentada no bar.

Ele volta para o aqui e agora.

– Ela estava no quarto dela quando você veio dormir?

– Acho que não. Não pensei em verificar.

– Você não notou se a luz do quarto dela estava acesa?

– Desculpe, eu...

Ela está se enrolando, e agora Nathan está tentando atrair a atenção dela. Está vendo? Você não é diferente de mim.

Greg esfrega o rosto, senta desanimado na cama. Nathan ainda está parado na porta. Ambos olham para ele.

— Vou tentar ligar para ela de novo — Nathan diz.

Greg o despacha com um aceno de cabeça. Eles ouvem a porta do quarto dele bater e Greg se inclina para ela e diz:

— Ele está mentindo sobre alguma coisa.

— Não sei, Greg. Não vamos tirar conclusões apressadas, certo?

— Tem alguma coisa errada. Você mesma disse, ontem, que não confia nele.

Ela se dirige para o banheiro; hesita, até ter certeza de que está liberada. Greg ainda está curvado, com as mãos cruzadas entre as pernas.

— Aquele maldito garoto sabe de alguma coisa. Eu tenho certeza. O que mais poderia explicar a indiferença dele?

A expressão dele passa da indignação para uma melancolia resignada. Jenn tem vontade de ir até ele, de abraçar o marido, mas sente o próprio cheiro: o suor do sexo, o resíduo de maconha nas pontas dos dedos. E ao pensar nele, neles dois, poucas horas atrás, outro fogo se acende. Sua filha está desaparecida; ela teme por ela, agora. Entretanto, ela tem que saber o que foi que disparou o alarme. Será que Nathan foi até o quarto dela para fazer as pazes? Será que ele foi lá para fazer sexo e encontrou a cama vazia? Ela sabe que eles estão transando — ela sabe. Mas por que ele mesmo assim vai procurar Emma? O que ela tem para dar a ele que Jenn não tem?

Ela se apoia no batente da porta e tenta falar com um tom de voz normal.

– Foi você ou o Nathan quem viu que ela não estava no quarto?

Ele sacode os ombros como se a pergunta fosse tão sem importância quanto óbvia.

– Greg?

– A porta lá de baixo... Estava batendo. Isso me acordou, então eu fui dar uma olhada. Estava aberta. Eu achei que tivéssemos sido roubados, mas tudo parecia estar no lugar. Quando voltei para a cama, notei que o abajur de Emma estava aceso. – Jenn empalidece. – Ele sabe! Por que perguntar se ela tinha notado se a luz do quarto de Emma estava acesa? Greg continua falando; a voz dele é sem timbre. – Eu enfiei a cabeça na porta achando que ia achá-la lendo... – Ele força um sorriso. – Eu ia dizer para ir dormir, mas ela não estava lá e eu achei... eu pensei o pior. Fui direto para o quarto *dele* esperando encontrá-la...

Ela balança a cabeça, aliviada.

Ele cochicha no ouvido dela.

– Encontrei isto na cama dele. – Ele se levanta, abre a gaveta da mesinha de cabeceira e tira um livro. *O contrato social*. Jenn olha para ele sem entender. – Veja a dedicatória. – Ela abre o livro. *Para o meu Nate, que este seja o sentido da vida! Com amor, Em.* Jenn sacode a cabeça, ainda sem entender.

– Veja a data.

– Dia dos Namorados.

— Ela deu isto para ele quando eles se conheceram. O que ela disse no café da praia outro dia. Eram opiniões dela, não dele. Veja embaixo.

Ela tem que forçar a vista. Está escrito a lápis, com uma letra feia, difícil de ler.

Desculpe. Não entendo. Nem entendo você.

Ele tinha assinado. A data era do dia anterior. Jenn sente uma fraqueza.

— Pode me dar cinco minutos, Greg? Vou me arrumar. Temos que começar a procurar por ela – direito.

Eles se entreolham até ele concordar com a cabeça, o rosto desfeito ao se virar para a varanda, as venezianas batendo com o vento. Mais adiante, o barulho do mar.

Ela toma uma chuveirada. A água está tão fria que ela urina assim que a água bate em sua pele. Quase vomita ao sentir o cheiro que sobe junto com o vapor – mofo, ferro e sexo. Ela se ensaboa rapidamente, recuando ao sentir os pelos que estão nascendo no seu monte de vênus. Seu cu está quente e inchado. Esfrega os olhos, tenta afastar a névoa que tolda seus pensamentos. Está tudo ali – ela pode sentir; entretanto, não consegue processar. Emma foi embora. Emma, a jovem radical que deu de presente de Dia dos Namorados um livro de Rousseau para o namorado imbecil – e eles pensaram que era *ele* que a estava influenciando. Ela seria capaz de fazer mal a si mesma por Nathan? Depende do que ela saiba. Ela faria isso para castigar Jenn por sua explosão de raiva? Não. Certamente não. Jenn vira a cabeça para trás e deixa a água bater no rosto, na cabeça, na sua mente. Não, Emma está em algum lugar, ouvindo tudo, assistindo ao drama que está acontecendo; adorando o pandemônio que causou. A qualquer momento, ela vai entrar por aquelas portas e contar a Greg e a Nathan o quanto sua madrasta é má.

Quando sai do banho, ela vê uma mancha vermelha no peito. Estremece de nojo ao pensar nele, horas antes, chupando e mordendo, como um cão selvagem. Ela geme ao puxar o jeans sobre as nádegas úmidas, e a costura entra nas dobras inchadas de sua boceta. Ele transou com ela de novo depois do cigarro, perto da piscina, e depois na cozinha, debruçado sobre a mesa; muitas e muitas vezes. E ela deixou.

Famintos, eles assaltaram a geladeira e devoraram o presunto que Greg estava guardando para o último dia deles ali. Eles tiraram tira por tira e foram enfiando o presunto na boca um do outro. Ele caiu de joelhos de novo e abriu-a com a boca. Ela tapa o rosto enquanto torna a sentir a sensação da língua dele, trabalhando mecânica e eficientemente nela. Ela se lembra dos joelhos dela se dobrando; da cadeira sendo empurrada pelo vento no terraço, das luzes da piscina piscando e finalmente se apagando. Ela se lembra da porta da frente batendo. Seria Emma entrando? Será que ela viu a orgia que eles estavam fazendo?

Ela encontra Greg embaixo. Ele está no telefone, tentando convencer a polícia local a procurar sua filhinha, mas é inútil, ela percebe que eles estão debochando dele.

– *Só* cinco horas? Isso não é suficiente? Vocês já viram a tempestade que está caindo lá fora? Não me importa se isso é *normal* para Deià – não é normal para nós! Minha filha está com o tornozelo fraturado e está lá fora no meio do furacão.

Ela imagina se o policial do outro lado da linha irá fazer a ligação entre a garota desaparecida e a criança chorosa que eles levaram para casa na noite anterior. É só uma questão de tempo agora, até que os acontecimentos das últimas horas atinjam Jenn. Ela deveria contar a verdade antes que ele descubra. E imaginando como será essa confissão, toma a decisão de contar a ele imediatamente, assim que ele desligar o telefone.

Ele a vê parada na porta e faz sinal para ela sentar. Ele lança um olhar esquisito para ela antes de afastar o corpo de junto dela. Ele suspira no telefone.

– Sim, eu sei disso, eu sei que já passamos por isso, mas o que mudou é o fato de eu ter motivos para acreditar que a minha filha representa um risco... para si mesma. – Ela se sente envergonhada por ele, imagina como isso deve soar para o policial. Desesperado, ridículo – típico de um pai-turista cego e indulgente. – Não! Ela *não* está sendo tratada de – ele projeta o queixo para a frente, frustrado – *depressão*. Mas houve algumas mudanças importantes na vida dela nestas últimas semanas. – Ele se vira para olhar para Jenn – como se isso fosse tanto para os ouvidos dela quanto para os da polícia. – Sim, é exatamente isso que estou dizendo –

e eu gostaria que vocês alertassem a guarda costeira. Sim! *Guardia Costal!* – Ela pode ouvir o policial falando em inglês no telefone. A voz dele é entediada. Quando a ligação termina, Greg se vira para ela e diz:

– Então. Você ouviu.

– O quê? O que foi que eu ouvi?

Ela dá a impressão de que vai chorar.

– Sou eu, Jenn. Eu a fiz... Eu jamais deveria ter me aberto com ela.

Ela não consegue chegar perto dele. Ela quer abraçá-lo, mas não consegue se mexer.

– O que foi, Greg? O que é que você está me contando?

– Bem... – Ele tenta se controlar. Consegue sorrir e sacode a cabeça. – Eu perdi meu emprego, para começar.

Jenn começa a rir, de alívio. Ela se controla.

– O quê?

– Desculpe. Eu deveria ter... – Ele segura a mão dela e aperta com força. – O novo reitor... ele não aprecia os românticos, ao que parece. Não são para hoje, ponto final. Eles retiraram os meus módulos – não só os meus, eles estão fazendo cortes no quadro... – Jenn fica olhando para ele. Choque. Raiva. Uma sensação desagradável de ódio. Greg está falando para o chão. – ... estão investindo nas novas mídias.

Jenn recolhe a mão.

– Espera um pouco, Greg... Você está me dizendo que foi mandado embora?

Ele sacode a cabeça. Parece mais envergonhado do que zangado.

– Eles me rebaixaram e depois pediram para eu tornar a me candidatar ao meu posto recém-rebaixado.

– Quando? Quando foi que tudo isso aconteceu?

Ele passa um dedo ao longo do nariz.

– Eu não quis estragar nossas férias... estragar *isto*.

Ele está apontando para a geladeira. Um estremecimento de culpa – seu precioso presunto montanhês – que foi imediatamente abafado pela raiva.

– Mas... você disse... Eu achei que você ia ter mais turmas... Mais trabalho, mais alunos de pós-graduação para orientar? – Ela olha furiosa para ele. Ele abaixa a cabeça. – Aqueles telefonemas todos não eram para isso?

Ele sacode a cabeça devagar.

– Não. Aqueles telefonemas eram do Chris – me dizendo que eu sou um tolo. Implorando para eu voltar atrás.

Ela balança a cabeça; morde o lábio. Espera que Greg levante a cabeça.

– E você contou a Emma? Contou para a sua filha de 15 anos e não contou para mim?

– Não foi assim. Emma percebeu. Como estamos começando a compreender, ela não é tão ingênua quanto pensamos.

– Ela é sim, Greg! Ela é uma criança!

Ela está chorando agora. Greg se agacha diante dela; tira suas mãos da frente do rosto, delicadamente.

– Meu bem, escuta. Emma somou dois mais dois e, eu não sei... eu contei a ela. Desculpe. Eu tinha que contar para *alguém*. Em me fez prometer que não ia contar nada para você. Ela disse que você precisava de férias mais do que ninguém.

– E é por isso que você acha que ela está lá fora, em algum lugar? Porque o pai perdeu o emprego?

– Sim. Eu não sei. Acho que em parte sim. Acho que aconteceram muitas coisas. Acho que ela discutiu com Nathan ontem à noite, e essa foi a gota d'água – mas, sim. Bem, agora você já sabe. – Ele se levanta. Fica ali parado, os olhos baixos, esperando alguma censura, pateticamente agradecido quando ela não vem. Ele a beija na testa. Pega as chaves do carro. – Eu conheço a minha filha, e tenho que ir procurá-la. – Ela concorda, se levanta. Ele põe a mão no braço dela, com firmeza, mas com delicadeza. – Por favor, pode esperar aqui? Eu quero que um de nós esteja aqui. Para quando... – Ele abaixa a cabeça de novo. Abre a porta e o vento entra rugindo, derrubando um copo que sai rolando pela mesa e para bem na beiradinha. Jenn contempla o marido, velho, derrotado, quando ele sai na escuridão.

24

Ela o encontra deitado na cama, lendo uma revista. Está ouvindo o iPod com um fone de ouvido, o outro caído sobre o peito nu. Há algo de teatral na postura dele, seminu, uma perna pendurada para fora da cama; entretanto, ele leva um susto quando ela aparece na porta. Ele lança um olhar assustado para ela e joga a revista no chão, chutando-a para baixo da cama.

Ela se senta na ponta do colchão, de costas para ele. Por algum tempo, não diz nada. Ela vira o rosto para o ventilador de teto, fecha os olhos e esfria a cabeça por um minuto, atenta apenas ao zumbido das pás do ventilador. Ele se mexe atrás dela, passa um braço por sua cintura e a puxa para junto do peito. Enfia o polegar por baixo do sutiã dela e encontra seu mamilo. O toque dele é como uma descarga elétrica em seu corpo, mas desta vez ela resiste. Ela se levanta e olha para a ponta da revista. Num impulso, puxa a revista de baixo da cama com o dedão do pé. Não é uma revista pornográfica, é uma revista de garoto – com uma garota de programa com um bronzeado artificial piscando o olho, na capa. Como uma professora examinando um dever de casa malfeito, passa os olhos por ela, deixando-o perceber o seu desprezo. Entretanto, sua repugnância não se limita à revista. Ela fica chocada com o que vê. Não consegue deixar de se sentir traída: ela deu a ele tudo o que tinha para dar, e lá está ele, despreocupado, lendo as revelações do antigo namorado de uma artista de novela. Ela fica chocada e decepcionada e, não pela primeira vez hoje, cheia de dúvidas. Quem é você? Ela pensa. O que você é para mim? E num segundo, a traição dela se transforma em raiva.

– Como você pode ficar aí sentado! – Ela arranca o fone do ouvido dele. Ele se encolhe de susto. Ela sacode o dedo para ele. – Por que não está lá fora com Greg, procurando por ela?

Ele se recompõe, olha para ela com aqueles olhos enormes, sinceros.

– Fala sério, Jenn, você não acredita que ela esteja em perigo. Ela vai telefonar agora que o velho saiu para tentar organizar uma equipe de socorro. – Jenn tem vontade de gritar com ele, mas seus olhos dizem isso: não fale assim do meu marido. – Você mesma disse, Jenn, que ela é a rainha do drama.

– Possivelmente. Mas eu não sou uma boa mãe, Nathan. – Ele vai protestar, mas ela levanta a mão, impedindo-o de falar. Ela não quer que ele a conforte, ela quer a verdade. – O que aconteceu ontem à noite? Diga-me.

Ele baixa a guarda por um momento, mas depois retoma a pose. Está sacudindo a cabeça, ofendido por ela duvidar dele. Torna a colocar os fones no ouvido. Ela os retira delicadamente.

– O que aconteceu na cidade?

Ela se levanta, vai até a janela. Lá embaixo, pode ver Greg andando pelo jardim com uma lanterna, gritando o nome de Emma. Ela se afasta da janela.

– Eu já contei para você.

Ele está parado junto dela agora e ela sente sua determinação diminuindo, sua convicção se desmanchando como a ponta de uma corda. Talvez ele esteja dizendo a verdade. Ela suaviza o tom de voz.

– Qual foi a discussão a respeito do meu cartão de crédito?

Ele parece aliviado; se aproxima dela com uma covinha no rosto.

– Deixa disso! Você sabe que eu não teria comprado champanhe com ele, certo? Eu só estava zoando com ela.

– Zoando com ela... – Jenn pode ouvir a tristeza na própria voz. Indiferente, superficial – ela não consegue transmitir nenhuma raiva, nenhum sentimento. Ela desmascarou a si mesma. – Zoando com ela como, Nathan?

Ele não consegue encará-la. Não está mais tão seguro de si. E pisca o olho para ela.

– A champanhe! Não me entenda mal, eu não teria pedido se ela tivesse concordado.

– A ideia foi *sua*?

– Bem, sim. Não. Não foi como se eu estivesse roubando ou algo assim. O seu marido nos deu o seu cartão.

Uma sensação de raiva e sofrimento toma conta dela. Encosta as palmas das mãos no peito dele e o empurra com força. Ele cai sentado na cama e fica olhando para ela, rindo; mas ele está assustado, agora.

– Emma não queria ir jantar, queria?

Ele fica em pé e aproxima o rosto do dela.

– Ela não gostou da ideia de usar o cartão, não foi, Nathan? De usar o meu dinheiro. – Ela afasta a cabeça, sem tirar os olhos dele. Ele a puxa para si e a beija na boca. Ele passa por ela, contente consigo mesmo.

– Você fica um bocado sexy quando se zanga.

Ele para no umbral da porta, de costas para ela, com um cotovelo apoiado na ombreira, deixando-a admirar suas costas bronzeadas; os músculos em volta dos seus ombros. – Estou com vontade de tomar uma chuveirada – ele diz.

Ele sai andando, rebolando os quadris. Parece seguro de que ela irá levar sua raiva para o chuveiro. De que ela irá montar nele e extravasar sua fúria. Lá embaixo, ela ouve bater a porta de um carro. O motor é ligado e o carro se arrasta, bem devagar, pela estrada de terra. Mesmo no meio de uma crise, seu marido está passando pelos buracos com todo o cuidado, lembrando que vai ter que devolver o carro para a Eurocar. Ela o ouve partir. Poderia chorar de pena dele.

Ela se recusa a olhar para Nathan enquanto passa por ele e, quando ele vê que ela não está de brincadeira, vai atrás dela e a puxa por trás.

— Fique de joelhos — ele diz, se esfregando nas costas dela. Seu pau já está duro. Ele está respirando com força. Ela fica parada, sem ação. Ele passa as mãos pelos seios dela, apertando; beija sua nuca, lambe, morde.

Ela fecha os olhos e deixa que ele a excite pela última vez, depois o empurra com força. Ela desce a escada correndo.

— Sua provocadora filha da puta! — Ela ouve quando ele dá um soco na parede. Ela prende a respiração e espera. A voz dele está mais perto agora. — Aonde você vai? — Ele está descendo a escada. Ela se vira e, naquele momento, tem certeza.

— Eu vou fazer a coisa certa.

Ele parece jovem e assustado quando esfrega uma orelha e deixa cair os cantos da boca. Antes que possa mudar de ideia, ela sai correndo para o pátio.

25

A tempestade lançou grandes bolas de folhas e gravetos no terraço que ficaram presos na cerca antes de serem atiradas na piscina e no chão alagado. Jenn se curva contra o vento e atravessa o pomar. O chão está coberto de pequenos galhos e frutas apodrecidas, e a cada passo ela sente um aperto de medo no peito. Encosta-se no corrimão para recuperar o fôlego. O mar está rugindo com uma fúria que ela nunca viu antes, as ondas batendo na praia, lançando grandes quantidades de espuma para cima. Ela pode ver as luzes traseiras de Greg quando ele vira a curva, mas, mesmo naquela velocidade, ela sabe que não vai conseguir alcançá-lo; não com aquele vento e com aquela asma.

Ela vira à direita nos arbustos onde Benni acende suas fogueiras – se for ligeira, poderá interceptá-lo na próxima curva. Ela sabe o que tem que fazer. Depois que contar à polícia o que fez, o que disse à filha, eles irão levá-la a sério. Eles irão alertar a guarda costeira. Eles irão encontrar Emma e trazê-la de volta para o pai. E então ela contará tudo. Tudo.

Ela continua andando, trincando os dentes para andar mais rápido. Se conseguir alcançá-lo, então há esperança.

Ainda há um caminho à frente. Com os braços estendidos no clarão da madrugada, ela margeia o bosque de murta e oliveiras que separam o matagal da estrada. Tenta achar um espaço para passar para a estrada. Logo à frente está a silhueta da cabana de madeira usada pelos caminhantes, mas Jenn não consegue enxergar muito adiante dela. Mas então, eureca! A luz do farol de Greg está atrás dela agora – se for rápida, poderá acenar para ele parar. Há uma espécie de abertura no meio dos arbustos, um espaço onde a escuridão é menos densa. Não é a trilha que vai dar na estrada, mas é uma abertura, com tamanho suficiente para ela passar. Ela cobre o rosto com os braços e se lança para a frente, seu suéter agarrando nos espinhos, puxando-a para trás. Ela grita, fecha os olhos e tenta outra vez, tentando passar pelos arbustos cheios de espinhos. Protege o rosto, mas os espinhos arranham seu pescoço, prendem seu cabelo. Um galhinho espeta o seu pescoço, fazendo-a parar. Ela tenta relaxar, encolhendo a cabeça nos ombros num esforço para se soltar, e, quando vai mudar o peso do corpo para o outro pé, escorrega pela encosta até a estrada. Ela se encolhe quando os galhos puxam seu cabelo, mas não consegue parar. E cai na estrada no momento em que Greg passa. Curvado sobre o volante, olhando para a direita e para a esquerda, ele parece olhar diretamente para ela antes de acelerar na direção do abismo. Ela corre atrás dele, agitando os braços inutilmente. As luzes do freio piscam, vermelhas, antes da curva acentuada, e depois o carro desaparece.

26

A tempestade passou quando ela caminha mancando pela trilha de terra. Quando passa pelo portão de madeira quebrado, ela para e vê as galinhas ciscando no chão do pomar. Uma espreguiçadeira, iluminada pelas luzes da piscina, está semisubmersa na água. Ela arrasta as outras duas espreguiçadeiras da beira da piscina e as coloca sob os degraus do terraço. Mas não faz muito sentido tentar resgatá-las agora. Benni estará aqui assim que clarear, para avaliar o prejuízo, lambendo os lábios ao pensar na parcela do depósito deles que poderá guardar para cobrir os estragos.

A escuridão está ficando prateada, e, no alto das montanhas, os sinos das cabras começam a tocar. Ela mal pode enfrentar este novo dia, e o que ele irá trazer. Demora-se no terraço, ouvindo o zumbido da geladeira lá dentro. Com medo de entrar, ela vai até o pomar, refazendo os passos da noite passada. Será que Emma os viu? Não. Impossível. Escuro demais. Mas ela se lembra – ela tenta não pensar nisso, mas se lembra, e odeia o barulho que fez. Eles tinham começado em silêncio, tapando a boca um do outro com os dedos, mas ela perdeu o controle, gritou palavras estranhas e obscenas. Se Emma estivesse lá, teria batido nela com um pedaço de pau.

Jenn está cansada; ela está mudando de ideia a cada instante. Dá a volta na casa e sua mente esgotada a faz ver coisas. Ela vê Benni olhando para ela de trás de um arbusto. Ela vai até lá – não tem ninguém. Ela tenta se controlar. Vai ter que enfrentar Nathan mais cedo ou mais tarde, e de repente está morrendo de sede. Entra em casa cautelosamente. Não ouve nenhum ruído; nem aqui nem no andar de cima. A ideia de que ele dormiu, despreocupado, ouvindo sua música, a deixa irada. Ela bebe suco de laranja direto da caixa. Só tem mais um golinho no fundo. Prende o fôlego, pronta para tomar o resto. Ela vê o presunto Serrano enfiado no fundo da geladeira como uma criança teria escondido um bolo comido pela metade. Lembra-se deles dois, dando comida na boca um do outro. Ela tira o pacote, deprimida; com vergonha de si mesma. Só restam duas fatias. Ela pega o rolo de PVC e enrola o resto do presunto tristemente, cuidadosamente – depois torna a guardá-lo na prateleira ao lado dos queijos artesanais e das azeitonas de Greg. Ela apoia as costas na porta da geladeira e fecha os olhos para sentir sua solidez sustentando-a. Termina o suco de laranja e, consciente de que está fazendo as coisas mecanicamente para adiar o momento, ela joga a caixa vazia no saco de reciclagem. Ela está mexendo na bolsa, procurando pelo carregador do celular, quando a imagem surge, na frente dos seus olhos cansados, em câmera lenta. Estica o corpo e olha fixamente para a geladeira, a cena do crime, tentando desesperadamente se lembrar de tudo o que aconteceu; sim, ela tem certeza. Nathan, o vegetariano, estava comendo presunto montanhês direto dos lábios dela.

Sobe a escada de dois em dois degraus. O coração dela está disparado. A garota hippie. Mônica. Todas aquelas corridas de manhã cedo. O sal em seu cabelo; em sua pele.

No tempo que leva para chegar ao quarto dele, duas coisas ficam claras: Nathan está trepando com Mônica; e Emma sabe. Foi para lá que Emma foi; para a caverna dos hippies.

O quarto dele está vazio; as gavetas estão abertas, vazias. Ela abre a porta do guarda-roupa – e, embora já esperasse, mesmo que seja melhor assim, ela se sente dilacerada pelo ódio.

27

Ela vê a espuma branca das ondas batendo nos penhascos quando atravessa a pontezinha de madeira. O leito do rio, normalmente seco, é uma torrente de água agitada e veloz. Da ponte, pode ver a caverna na rocha, totalmente alagada. É impensável que Emma, com aquela perna, tenha podido se aproximar da caverna dos hippies pela praia; entretanto, o único caminho alternativo é pela trilha do penhasco – ainda mais perigoso nestas condições. Pela primeira vez, Jenn começa a temer por Emma.

Uma luminosidade rosa esverdeada começa a cobrir o céu. Os degraus de pedra são íngremes e irregulares, formados pelos sulcos naturais da rocha. Emma não teria como subir com aquelas muletas – no entanto, algo faz Jenn prosseguir. De alguma forma, sabe que é para lá que ela foi. Ela se senta como Emma fez lá no terraço, e sobe de costas, um degrau de cada vez, usando só uma perna para dar impulso para cima. O último degrau, uma lasca de pedra não muito mais larga do que o seu pé, está parcialmente bloqueado por um enorme tronco de árvore, arrancado pela tempestade. Se Emma estiver lá em cima, então ela foi antes da tempestade. Ela não a viu lá, saltando; enlouquecida. Aliviada, passa por cima do tronco e continua subindo.

Mesmo com pouca luz, ela vê a devastação que a tempestade causou. O caminho está bloqueado por enormes galhos partidos e pedras que as árvores arrancadas desalojaram do solo. Ela se move devagar, pisando com cuidado. A tempestade passou, mas o terreno parece vulnerável: lá em cima, o rangido dos galhos de árvore avisa a ela que volte. Mas ela sabe que a garota está lá, em algum lugar.

É inútil. Quanto mais sobe, mais perigoso fica. Ela faz a volta numa trilha conhecida, esperando uma descida suave até o nível seguinte, e encontra um enorme buraco. O caminho simplesmente desapareceu com o deslizamento de terra. Ela fica ali parada, derrotada. Aquele promontório monumental está silencioso, sem nenhum tipo de vida, humana ou animal. Ela poderia ficar ali e nunca mais voltar. Um tiro ecoa nas montanhas acima. Alguma coisa está se movendo, então. A vida continua. Jenn segura num galho de árvore e, timidamente, começa sua descida.

Ela vê a caverna dos hippies e tem uma queda de ânimo. Mesmo que Emma tenha conseguido ir até a plataforma, é impensável que tenha descido a encosta, mas, enquanto houver um pingo de esperança, ela não vai desistir de encontrá-la. E vai em frente.

⌒

Já é dia quando ela chega à plataforma. Um calor suave dispersa a névoa da manhã e o céu está cor de pêssego, prometendo um dia de sol. Ali perto, uma nascente desce a montanha na direção do mar, e ela torna a sentir sede. Ajoelha-se nas pedras e bebe a água gelada. Aquilo deixa seus sentidos mais aguçados. Precisa voltar. Emma não pode ter ido tão longe. E, no entanto, a caverna está logo ali, do outro lado do riacho. Ela sente cheiro de carvão queimado no vento e sabe que precisa prosseguir. Mesmo que Emma não tenha conseguido chegar lá, há coisas que precisa ouvir da própria Mônica.

A descida para a caverna é íngreme, mas viável. Ela se senta, de frente para o mar, se inclina para trás até que seus ombros estejam quase tocando o chão, e escorrega pela encosta, um metro de cada vez, usando as pedras como freios. O sol aparece no meio da névoa quando ela pula na saliência acima da caverna, e ela sente seu calor no rosto. Inclina-se para trás contra um bloco de pedra e protege os olhos do sol. Ela pode enxergar do outro lado da enseada o restaurante onde eles quatro estiveram no primeiro dia. A tempestade derrubou um pedaço do teto de folha de palmeira. A velha está varrendo a sujeira; a clientela vai ser pouca hoje, com a bandeira vermelha tremulando ao vento. Ela está bem acima da caverna. Desce o pouco que falta. Do lado da caverna, há uma escadinha de madeira presa na face da rocha.

Ela hesita, depois entra. A caverna está vazia. Os restos de uma fogueira ainda queimam e, ao lado dela, um velho colchão. Longe do cenário idílico que tinha imaginado, o interior úmido está cheio de latas e pacotes vazios. Ela olha com nojo e torna a sair.

Está de volta no caminho do penhasco, alto o suficiente para ver o carro da polícia entrando em seu portão. O silêncio parece um presságio. O carro está se movendo em câmera lenta, mas ela não consegue ouvir um som; só sua respiração ofegante, e o chilreio dos pássaros lá no alto. Tenta respirar mais lentamente, profundamente, preparando-se para o pior, quando ouve alguma coisa – muito baixinho: um soluço trazido pelo vento que se dissolve no silêncio. Ela fica imóvel, com uma das mãos sobre um pinheiro para se equilibrar enquanto tenta ouvir. Ela mal respira, prestando atenção e rezando para ouvir de novo o choro dela; ela o reconheceria em qualquer lugar. Não ouve nada. Sua mente cansada e enevoada está lhe pregando truques. Afasta-se do pinheiro e continua andando. Ela está cansada. Precisa se deitar; mas lá embaixo a polícia está batendo na porta da casa deles e ela sabe, com certeza, que a visita deles não irá trazer paz.

Ela torna a ouvir, mais perto agora. Soluços convulsivos. Examina o terreno em volta, a vegetação densa que desce até a beirada do penhasco; a floresta de pinheiros acima dela, indo na direção dos platôs de oliveiras do outro lado. Ela fica imóvel e tenta isolar a fonte daqueles soluços – e então ela vê. Há uma *casita* que dá para uma plantação abandonada de oliveiras. Ela já fez esta caminhada centenas de vezes, mas nunca a viu – um casebre de pastor ou abrigo de caçador. Está oculta pelas árvores e o chão rachado à sua volta é estéril, com arbustos cobertos de espinhos. Ela torna a ouvir o choro, agora um lamento sem esperança, e Jenn sabe que a encontrou.

28

O sol baixa no horizonte e, com o ar mais frio, a praia começa a esvaziar; grupos de pessoas se juntam num único fluxo a caminho da estrada. Jenn dobra as toalhas e guarda as garrafas d'água vazias na cesta. Ela ajuda Emma a se levantar e lança um olhar na direção da caverna. Ninguém voltou desde a tempestade da véspera.

Elas caminham pela areia, Emma já conseguindo se equilibrar na superfície irregular. Ela hesita quando passam pelo café da praia. O minúsculo vendedor de joias lança um olhar esperançoso para elas, mas continua a empacotar suas mercadorias. Emma diz a Jenn, com os olhos e com um sorriso triste, que precisa ficar um pouco sozinha. Jenn aperta carinhosamente o ombro dela e se afasta um pouco. Ela se senta numa pedra e fica esperando por Emma.

No fundo da bolsa de Emma, um telefone toca. Jenn sente um sobressalto. Ele tem tocado o dia todo; ela podia ouvi-lo na praia, e cada vez que tocava ela sentia um aperto no estômago. Emma apaga a mensagem sem ler. Jenn não sabe onde ele passou as últimas 24 horas. Ele já pode ter voltado para Manchester nesta altura; é possível que ainda esteja em

Deià, enfiado em algum lugar com a nova namorada. Ela desconfia que Emma saiba e que a resposta está na bolsa dela. Ela enfia a mão lá dentro e localiza o telefone.

Na véspera, na cabana, Emma tentou lhe contar, mas sempre acabava chorando. Ela não conseguia pensar em voltar para casa; nem Jenn, mas o sol quente na cabeça delas entrando pelos buracos no telhado as obrigou a voltar. Elas foram andando devagar pela floresta, Emma parando de vez em quando e caindo em prantos. Ela mal disse uma palavra, mas Jenn percebeu seu tormento, sua tristeza. E havia remorso também. Nenhuma das duas conseguiu se desculpar com a outra – e não precisaram; as duas pareciam saber. No portão quebrado, como que voltando no tempo, Emma largou uma das muletas e estendeu o braço para Jenn. Jenn ignorou a súbita movimentação no terraço acima delas; ela ofereceu a mão a Emma, num gesto carinhoso. Desculpe. Eu te amo.

Emma dormiu o resto do dia, embora Jenn desconfiasse que isto fosse tanto pelo cansaço quanto para evitar as perguntas do pai. Ela apareceu no terraço pouco depois de ele ter ido para a cidade. Ela se sentou à mesa, se serviu de uma taça de vinho, e, com um aceno de cabeça, indicou que estava pronta para falar.

Não foi a primeira vez. Tinha acontecido antes, não muito tempo depois de eles terem começado a namorar. Ela servia bebida no bar local. Nem era bonita, e de certa forma isso doeu mais do que a traição em si. Ele negou, nunca chegou a admitir, mas ela sabia; todo mundo sabia. E em parte, ela culpava a si mesma: era bem feito por ela ser tão certinha, tão cautelosa. Na semana anterior à ida deles para lá, Nathan tinha dado um ultimato a ela; se ela não o amava o suficiente para assumir esse tipo de compromisso, então ele não via sentido em ir para Deià com ela. Eles transaram na véspera da viagem. Ela podia perdoá-lo pela moça do bar, mas jamais iria perdoá-lo por Mônica.

Jenn deixa o telefone cair dentro da bolsa. Ela é tomada de remorso e de ódio por si mesma. A sensação vem em ondas.

Amanhã eles irão para casa, os três. Não há nada que ela deseje mais.

As últimas pessoas já tinham saído da praia quando Emma aparece. Ela fica surpresa e contente por Jenn ter esperado por ela. Quando se aproxima, fica claro que estava chorando, seus olhos estão vermelhos, mas ela parece melhor.

Eles ouvem o crepitar de uma fogueira quando chegam à trilha, ainda coberta de cascas de árvore. Greg está conversando com Benni. Ele está em pé com as costas retas, uma postura decidida. Está segurando um maço de papéis numa das mãos; com a outra, está atirando os papéis no fogo, folha por folha. Não há traços do mau humor que Benni costuma provocar. Greg está balançando a cabeça devagar, concordando com o que Benni está dizendo a ele. Jenn desconfia que o marido esteja voltando às boas. Eles irão voltar à Villa Ana no próximo ano.

Greg levanta a mão em boas-vindas ao ouvir o portão raspar no cascalho; Benni se vira, se afasta um pouco de Greg. Ele lança um olhar encabulado para Jenn e depois vai com seu ancinho para o outro lado do pomar. Greg se vira para sorrir para elas.

— Tiveram um bom dia? — ele pergunta.

— Maravilhoso — Jenn diz. Os olhos dela ainda estão voltados para Benni. Ele olha por cima do ombro como se sentisse que ela o está observando. — Embora o sol tivesse sido insuportável sem a brisa do mar.

— Hum — Emma diz e encosta a cabeça no ombro de Jenn. — Foi bom ficar lá sem fazer nada. — Ela aponta para a perna engessada. — Vocês já se deram conta de que eu vou ter uma perna de cada cor pelo resto do ano?

Os três riem. Benni está indo na direção da sua van, sorrindo agora. Ele acena para eles e o nó de ansiedade no peito de Jenn se desmancha.

— E então, señor? — Jenn aponta na direção dos papéis queimados, que viraram carvão. — Isso não é o que eu acho que é, certo?

– É *precisamente* o que você acha que é – ele declara. Ele vê a expressão do rosto de Emma e ri. – Não conseguia pensar como terminá-lo. Estava uma droga, na verdade.

– Você não devia deixar outra pessoa ser o juiz? – Jenn pergunta.

– Não desta vez – Greg diz e aproxima-se de Emma, de modo que os três agora formam um fila, vendo os papéis queimar.

Jenn tem noção do momento; o dia terminando lentamente; o sol vermelho; os três curando as feridas.

– Bem, eu vou tomar um banho antes do jantar – Emma diz. Ela lança um olhar esperançoso para Jenn. – Você pode me ajudar a entrar e sair do banho? – Jenn balança a cabeça e sorri. – Aonde é mesmo que nós vamos?

Greg dá um sorriso maroto. Emma dá um cutucão nele.

– Anda, papai! Onde foi que você fez reservas? Uma garota precisa saber o que usar, pelo amor de Deus!

Ele sacode a cabeça.

– Este é o único lugar onde não precisamos fazer reservas. – Jenn tenta atrair o olhar dele. Ele está diferente, como se tivesse renascido, e ela gosta disso. Os olhos dele dançam sobre Emma.

– Use o que quiser. Mas não demore, sim?

Emma se apoia no ombro de Jenn e elas se dirigem para a casa, mas Greg as alcança. Ele toca no cotovelo de Jenn, faz sinal para ela ficar para trás. Ela dá um sorriso para Emma.

— Vai indo na frente, meu bem. Eu já vou.

Greg espera até Emma se afastar.

— Eu falei com Christopher.

— E aí?

— Tomei uma decisão. Não vou voltar.

Jenn balança a cabeça, sem saber o que dizer. Ela sorri, tenta demonstrar confiança.

— Que bom. Estou contente.

Ela fecha os olhos e encosta no peito largo do marido.

⁓

Jenn tira do cabide o vestido de algodão branco; ele ainda está com a etiqueta pendurada. Ela a corta fora com a tesourinha de unhas e veste o vestido. Senta-se à penteadeira e penteia o cabelo. Esta noite ela irá usá-lo do jeito que Greg gosta. Quando prende o cabelo, ela vê uns fios grisalhos aparecendo nas têmporas. Segura um deles e pega a tesourinha, mas desiste. Ela acha que desta vez vai conviver um pouco com eles, para ver como se sente.

Jenn e Emma se sentam no terraço, tomando vinho e fumando. Elas ouvem Greg se arrumando lá em cima. Passos se aproximam da varanda do segundo andar, e Emma passa rapidamente o cigarro para Jenn. Elas o ouvem voltar para o banheiro e Jenn devolve o cigarro, piscando o olho.

Está ficando mais escuro e o ar está mais frio. Elas podem ouvir Greg aparando a barba. Elas sorriem uma para a outra e bebem seu vinho – Jenn um segundo depois de

Emma. O céu está ficando coberto de estrelas. O canto das cigarras parece ocupar todo o espaço em volta delas; em seguida, silêncio. E então o canto recomeça. Na noite anterior, depois de tomar uns conhaques, Greg disse a ela que o grilo macho faz aquele ruído passando a parte de cima de uma das asas na parte de baixo da outra. – Como se estivessem chorando? – Emma disse. – Não, de jeito nenhum – ele respondeu. – Como se estivessem lavando as mãos a respeito de alguém.

A lua aparece acima das montanhas, grande e redonda. Finalmente, elas ouvem Greg fechando as janelas. Jenn põe a rolha na garrafa de vinho e espalha as cinzas de cigarro na grama, limpando o prato com o polegar.

Greg chega ao terraço. Está usando seu paletó de linho com jeans e mocassins – sem meias. Jenn demonstra sua aprovação com um olhar. Ela ajuda Emma a entrar no carro.

Eles chegam ao alto da estrada e viram à direita para Deià. Ela encosta a cabeça no braço dele.

– Greg, que simpático, você está nos levando para o El Olivio!

Ele fica olhando para a frente – sério.

– Não desta vez.

Eles passam pela cidade. Veem Benni na calçada em frente ao Bar Luna. Greg toca a buzina com a palma da mão, Benni vê o carro e se abaixa para olhar pela janela quando eles passam. Jenn acena alegremente, mas ele parece olhar através dela, diretamente para Greg. Ele tira o cachimbo da boca e comprime os lábios num gesto de – quê? Jenn não tem certeza, mas ela sente um tremor de inquietação. Ela pensa neles dois parados ao lado da fogueira, conversando baixinho. Será que ele viu alguma coisa? Ela vira a cabeça, esperando ver Benni parado na rua, vendo o carro se afastar, mas ele já entrou no bar. Ela relaxa um pouco. O que quer que eles tenham conversado mais cedo – o que quer que ela imagine que eles tenham conversado – não diz respeito a ela.

Eles passam por Jaume, e ela fica aliviada, embora um tanto triste por não fazerem uma última visita ao maravilhoso restaurante do Miki. Eles passam por Sa Pedrissa, e de repente ela compreende – o restaurante de beira de estrada a que eles estão sempre prometendo ir. É claro! O carro sobe a montanha e, quando eles chegam ao topo e começam a descida na direção do posto de gasolina, Greg engrena a quinta e eles passam pelo café.

Ela não se contém. O pânico a invade e ela começa a suar. Agora eles só podem estar indo para Valldemossa – o cenário da primeira traição dele. Ela pode suportar isto, pensa. Se Emma pode, ela também pode.

⌒

Gregory passa devagar pelo posto de gasolina e espera no cruzamento como que para prolongar a sua agonia. Ele vira à direita e ela sabe, agora, para onde estão indo. Só pode ser um lugar. Sua garganta começa a fechar.

A escuridão é impenetrável. A estrada sobe e desce. Ele acende o farol alto. A cabeça de Emma aparece no espaço entre os dois bancos.

– Diz logo, papai! Para onde está nos levando?

Greg olha para Jenn, antes de olhar para Emma pelo espelho retrovisor.

– Duvido que você se lembre, meu bem. Mas você adorava o lugar!

O coração de Jenn está batendo loucamente.

– Onde? – Emma diz.

– Sua mãe sabe. Ela comeu um sanduíche lá na noite passada – não foi, Jenn?

Jenn acena que sim com a cabeça. Ela abre e fecha os dedos de encontro às coxas.

Sem olhar para ela, ele diz:

– Sabe, eu estava contando para Benni mais cedo a respeito de seu passeio até lá... – E então ele se vira para ela. – Conte a ela, Jenn. Conte a ela para onde estamos indo.

– Acho que estamos indo para o Paco's, Em.

Greg sorri e reduz a marcha enquanto eles descem na direção de Banyalbufar.

AGRADECIMENTOS

Eu gostaria de agradecer a:

Mary-Anne Harrington; Imogen Taylor; Georgina Moore; Emily Kitchin; Emma Holtz; Vicky Palmer – e todo mundo em Tinder: eu amo minha terra.

Susan Traxel; Louise Dennys; Deirdre Molina.

Ailsa Cox.

Jonny Geller; Kirsten Foster; Kate Cooper.

Deborah Schneider.

Bill Sherridan.

Dr L. Storrar, professor de horticultura Mallorcan.

Minha mãe.

E meu marido e meu filho, por tudo.

Este livro foi impresso na Intergraf Ind. Gráfica Eireli.
Rua André Rosa Coppini, 90 - São Bernardo do Campo - SP
para a Editora Rocco Ltda.